LUZIFER
VERLAG

JOHN BLAKE

WELT UNTER EWIGEM EIS

LUZIFER
VERLAG

Deutsche Erstausgabe

www.luzifer-verlag.de

Umschlag: Michael Schubert | Luzifer-Verlag
Lektorat: Manfred Enderle
Printed in Germany

Dieses Buch wurde nach Dudenempfehlung (Stand 2022) lektoriert.

ISBN: 978-3-95835-681-8

Bibliografische Information der Deutschen Nationalbibliothek:
Die Deutsche Nationalbibliothek verzeichnet diese Publikation in der Deutschen Nationalbibliografie; detaillierte bibliografische Daten sind im Internet über http://dnb.d-nb.de abrufbar.

KAPITEL 1

Später wünschte sich Mark MacNeil oft, er hätte Myers gleich bei ihrer ersten Begegnung erschossen.

Viel hatte dazu nicht gefehlt. Als der Hüne aus dem Tannendickicht am Rand der Lichtung brach, hätte Mark ihn im ersten Moment fast mit einem Braunbären verwechselt und reflexhaft abgedrückt. Der Fremde musste sich zuvor absolut lautlos angeschlichen haben.

MacNeil war seit Wochen keinem Menschen mehr begegnet. Nach den Ereignissen zu Hause im Upstate New York hatte er seinen Rückzug in die Einsamkeit Alaskas ganz bewusst gewählt. Abgesehen von seinen Hunden wünschte er keine Gesellschaft. Und Typen der Kategorie, wie sie der Störenfried verkörperte, der ihm nun gegenübertrat, betraf das ganz besonders. Dazu musste der andere nicht einmal den Mund aufmachen. Den Stallgeruch der Army, der ihm anhaftete, witterte

MacNeil hundert Meter gegen den Wind. Sich auf seine Sinneswahrnehmungen und Instinkte zu verlassen, hatte er hier draußen im Zusammenleben mit seinen Hunden gelernt.

Kenai, der Leitrüde des Rudels, knurrte bedrohlich, als der Fremde mit erhobenen Händen näherkam.

»Sind Sie Mark MacNeil?«

Der Angesprochene zögerte mit der Antwort, nahm aber den Lauf des Jagdgewehrs betont langsam herunter. Erst als der Mann wenige Schritte von ihm entfernt stehen blieb, fragte er: »Wer will das wissen?«

»Sie leben ziemlich abgelegen«, wich der Fremde einer Antwort aus. »Ich habe drei Tage gebraucht, um Sie zu finden.«

»Ich kann mich nicht erinnern, Sie eingeladen zu haben. Ich …«

»Hören Sie mich wenigstens an, damit ich den weiten Weg von Fairbanks nicht ganz umsonst gemacht habe«, unterbrach ihn der andere.

»Okay«, lenkte MacNeil ein, und das war sein zweiter Fehler an diesem Tag. Ein Fehler, den er noch bereuen sollte. »Kommen Sie mit. Ich zeige Ihnen, wo sie sich aufwärmen können.« Ohne eine Reaktion des ungebetenen Gasts abzuwarten, stapfte er davon.

MacNeils mit Schindeln verkleideter Bungalow lag nur wenige hundert Meter entfernt am Rand eines Tannendickichts. In unmittelbarer Nähe floss ein klarer Bachlauf vorbei.

Myers war über den verhältnismäßigen Luxus im Inneren des einstöckigen Hauses überrascht. Der Hundeführer erweckte mit seinen langen, strubbeligen Haaren und dem zerzausten Vollbart auf den ersten Blick einen hinterwäldlerischen Eindruck, doch er schien über einen hochentwickelten Intellekt einerseits und ausreichend finanzielle Mittel andererseits zu verfügen. Das würde es erschweren, ihn für die Mission zu gewinnen. Doch dank der umfangreichen Unterlagen, die der Colonel von seinem Vorgesetzten erhalten hatte, kannte er den wunden Punkt in der Geschichte seines unfreiwilligen Gastgebers.

MacNeil lud ihn ein, sich an den Tisch neben dem gusseisernen Ofen zu setzen. Dann machte er sich an einem Wasserkessel zu schaffen und kehrte kurz darauf mit zwei Tassen dampfenden Schwarztees zurück. Nachdem er sie auf dem Tisch abgestellt hatte, rückte er einen Stuhl zurecht und nahm gegenüber dem großgewachsenen Mann Platz. »Also, wie heißen Sie und weshalb sind Sie hier? Wenn Sie mir nicht verraten, wer sie sind, können sie gleich wieder den Heimweg antreten. Drei Tage hin oder her, das ist mir egal.«

»Entschuldigen Sie bitte meine Unhöflichkeit. Ich bin Colonel Winston Myers.« Er nahm die Mütze ab und darunter kam ein kurz geschorener Bürstenhaarschnitt in typischer Army-Mode zum Vorschein. »Ich möchte gern mit Ihnen über Ihre Hunde sprechen …«

»Ich verkaufe meine Hunde nicht!«, fiel ihm MacNeil ins Wort und schickte sich an, aufzustehen.

»Das habe ich auch nicht von Ihnen erwartet«, erwiderte Myers eilig. »Ich brauche Sie und Ihre Hunde.«

MacNeil zögerte mit der Antwort. Er strich sich nachdenklich über den Bart.

»Wollen Sie sich anhören, worum es geht?«, hakte Myers nach.

»Na gut, schießen Sie los! Und kommen Sie schnell auf den Kern der Sache. Unnötige Zeitverschwendung und langes Geschwafel um den heißen Brei herum kann ich auf den Tod nicht leiden.«

»Also, es geht um eine Mission in der Antarktis …«, begann der Colonel seinen Bericht.

»Kein Interesse«, lehnte MacNeil kurz und bündig ab.

»Das ist schade … sehr schade.« Myers klappte die mitgebrachte Aktenmappe auf. »Ich hatte inständig gehofft, Sie würden einwilligen, ohne mich zu zwingen, deutlicher zu werden. Das hätte alles vereinfacht und für ein netteres Betriebsklima gesorgt. Aber es wird auch so funktionieren.«

MacNeil horchte auf. Seine Augen verengten sich zu schmalen Schlitzen. »Wie meinen Sie das? Was wollen Sie damit sagen?«

»Ich habe mir Ihr Dossier genauer angeschaut und einzelne Punkte recherchiert.«

»Sie haben in meinem Privatleben herumgeschnüffelt?« MacNeil hob die zur Faust geballte Hand drohend. Myers rechnete damit, dass der mürrische Einsiedler im nächsten Moment zuschlagen würde, er machte jedoch keine Anstalten auszuweichen.

»Okay, was haben Sie herausgefunden?«, wollte MacNeil mit gefährlich ruhiger Stimme wissen.

»Sie waren im Upstate New York als Bauunternehmer ziemlich erfolgreich und bei jedermann beliebt, sowohl bei den Kunden als auch bei ihren Mitarbeitern, denen Sie überdurchschnittlich hohe Löhne ausbezahlt haben. Finanziell waren Sie abgesichert. Ihnen fehlte es an nichts … und dann passierte dieser dumme Unfall, bei dem Ihre Frau und Ihre Tochter unglücklicherweise das Leben verloren.«

»Ja genau, ein unglücklicher Unfall«, pflichtete ihm MacNeil nach kurzer Bedenkzeit bei. »Wie Sie sehen, habe ich mich mit meinem Schicksal arrangiert. Sosehr ich meine Lieben auch vermisse, komme ich doch über ihren tragischen Verlust hinweg. Das gelingt mir hier in der Natur wesentlich leichter als in der Nähe einer Metropole wie New York. Die Stille hier in den Wäldern tut mir gut. Wahrscheinlich werde ich mich für immer hier niederlassen. Oder spricht Ihrer Meinung nach etwas dagegen?«

»Nein, eigentlich nicht. Von mir aus können Sie wohnen, wo immer es Ihnen gefällt … nachdem Sie meine Expedition in die Antarktis begleitet haben. Und das werden Sie, weil Sie an dem Unfall Ihrer Familienangehörigen Schuld haben und ich das beweisen kann. Sollten Sie ablehnen, wird ein Vögelchen etwas zwitschern.

Was es ausplaudert, wird dazu führen, dass Sie erst wegen fahrlässiger Tötung vor Gericht kommen und dann in den Knast wandern. Ist es das, was Sie wollen? Ich biete Ihnen die Möglichkeit, die Angelegenheit zu belassen, wo sie gerade ist – in Vergessenheit.«

MacNeil schluckte. Sein Adamsapfel hüpfte dabei gut sichtbar auf und ab. »Selbst wenn es tatsächlich so gewesen wäre – und ich sage nicht, dass es so ist – wie wollen Sie ihre unverschämte Behauptung vor einem Gericht hieb- und stichfest belegen?«

Myers grinste überlegen. »Ich kann Sie gern an den tatsächlichen Verlauf der Geschehnisse erinnern.«

Als MacNeil zur Antwort schwieg, fuhr er unbeirrt fort.

»Die Bremsen Ihres Dodge Royal, Baujahr 1956, waren defekt und Ihr Automechaniker hatte Sie bei der Inspektion dringlich darauf hingewiesen, dass diese repariert werden müssten, da ansonsten die Gefahr eines Bremsversagens bestünde. Allerdings hatte er die nötigen Ersatzteile nicht vorrätig und musste sie erst bestellen. Die Lieferung hätte mehrere Tage in Anspruch genommen. Gegen seinen Rat haben Sie, ungeduldig wie sie manchmal sind, den Wagen mit nach Hause genommen und wollten ihn wiederbringen, sobald die Teile vollständig in der Werkstatt waren. Sie vertraten die Überzeugung, solange würde die Bremse noch ausreichend funktionieren.

Dann haben sie vergessen, Ihre Frau über den Defekt zu informieren. Am Tag des Unglücks saßen Sie auf der Wiese vor ihrem Haus in einem Liegestuhl und haben ein Buch gelesen. Als ihre Gattin fragte, ob sie den Dodge nehmen kann, um ihre Mutter zu besuchen, haben sie in Ihre Lektüre vertieft gesagt: ›Liebling ich brauche ihn heute nicht mehr.‹ Zum gleichen Zeitpunkt hat ihr Nachbar ein Barbecue mit Freunden in seinem Garten veranstaltet. Wie es der Zufall so will, war unter den Gästen ein CIA-Informant. Als er am nächsten Tag in der Zeitung las, dass Ihre Frau und Ihre Tochter bei einem Unfall ums Leben kamen, bei dem das Auto wegen Bremsversagens mit einem Brückenpfeiler kollidierte, hat er gedacht, ein Hinweis darauf könnte einmal nützlich für sein Land sein und hat seinen Verbindungsoffizier kontaktiert. Wie sie sehen, hatte er damit recht. Die CIA hat diese Information im Zuge einer Amtshilfe an uns weitergeleitet und wir verwenden sie nun als kleinen Motivationsschub für Sie.«

KAPITEL 2

Einige Tage zuvor in der US-Militärbasis Iquitos in Peru sagte jemand mit einer sachlichen, deutlich durch einen Südstaatenakzent gefärbten Stimme: »Schauen Sie sich bitte diese Aufnahmen an, und erklären Sie mir, wie Sie sie interpretieren?«

Ein Lichtstrahl flimmerte durch die staubige Dunkelheit im Inneren der Baracke, die noch immer notdürftig wirkte. An der Stelle, an der er die Leinwand berührte, entstand ein grobkörniges, verschwommenes Bild. Im ersten Moment konnte Anthony Jenkins unmöglich identifizieren, ob sich auf der Filmaufnahme etwas bewegte oder was genau sie überhaupt darstellen sollte. »Könnten Sie es vielleicht etwas schärfer stellen?«, forderte er den Mann auf, der zuerst gesprochen hatte.

»Warten Sie ab, die Stelle kommt gleich!« Die tiefe Stimme von General Shultz klang nach starken

Zigaretten- und Whiskykonsum. Ohne Letzteren ließ sich der Druck, dem er in seiner verantwortungsvollen Position ausgesetzt war, wahrscheinlich kaum ertragen.

Jenkins war froh, dass er bereits am nächsten Morgen wieder in die Maschine steigen würde, die ihn hierher gebracht hatte. Es war eine Zivilmaschine im Dienst des Innenministeriums, die weniger Aufsehen erregte als ein Militärflugzeug, das möglicherweise für diplomatische Verwirrung gesorgt hätte.

»Da, schauen Sie, jetzt!«

Zuerst konnte Jenkins nach wie vor nichts Ungewöhnliches ausmachen. Dann tauchte ein Objekt auf, das vom linken oberen Bildrand in gerader Linie herabstieß. Es musste sich in großer Entfernung vom Standort der Kamera befinden, denn der Flugkörper – falls es ein solcher war – war kaum zu erkennen. Es dauerte nur Bruchteile einer Sekunde, dann verschwand er hinter einem Höhenzug. Kurz darauf erhellte ein Leuchten den Himmel.

»Diese Aufnahmen wurden von unserer Station in der Bucht der Wale angefertigt. Der Einschlag muss unseren Berechnungen nach in der Nähe des Whitney Peak im Marie-Byrd-Land stattgefunden haben«, erklärte Shultz, als der Film endete.

»Was haben unsere Aufklärungsflugzeuge herausgefunden?«

Der General lächelte demonstrativ. Wortlos schob er dem Mitarbeiter des Verteidigungsministeriums einen braunen Umschlag zu. Jenkins entnahm diesem stark vergrößerte Aufnahmen, die einen gewaltigen Krater in einem Untergrund aus Schnee und Eis zeigten. Jenkins stieß einen Pfiff aus. »Da könnte genauso gut eine Bombe mit enormer Sprengkraft detoniert sein.«

Rund um den Krater sprenkelten dunkle Bruchstücke den Boden. Er konnte unmöglich beurteilen, ob es sich dabei um die Trümmer eines Meteoriten oder um Bruchstücke eines abgestürzten Sowjet-Satelliten oder eines havarierten Ufos handelte.

»Bemerkenswert, dass es nicht verglüht ist, als es aus dem All in die Atmosphäre eintrat«, murmelte Jenkins. »Das könnte bedeuten ...« Er führte nicht weiter aus, was er dachte.

Shultz ahnte, worauf sein Gegenüber hinaus wollte und schnitt eine säuerliche Grimasse. »Schätze, Sie spielen auf diese sogenannten Unidentifizierten Fliegenden Objekte und auf Admiral Byrds Warnung vor einem Angriff durch eine bis dato unbekannte Macht an? Er fürchtet, die Ufos könnten sich den USA heimlich über die Polkappen nähern und einen Erstschlag durchführen.« Der General lachte geringschätzig. »Persönlich bezweifele ich die Existenz kleiner grüner Männchen. Wir müssen jedoch jede potenzielle Bedrohungslage für unsere Nation ernst nehmen, auch wenn ihr Eintreten äußerst unwahrscheinlich ist.«

»Was werden Sie unternehmen, um die Wahrheit herauszufinden?«, erkundigte sich Jenkins.

»Wir entsenden ein Team von Wissenschaftlern … unter militärischer Führung natürlich.«

»Natürlich … an wen haben Sie für diese Mission gedacht?«

Shultz zögerte, dann rückte mit seinem Plan heraus: »Colonel Myers.«

Jenkins schwieg. Sein Gesicht nahm einen betroffenen Ausdruck an.

»Myers ist einer unserer besten Leute«, verteidigte Shultz seine Entscheidung. »Ich weiß außerdem nicht, wie ich ihn länger beschäftigen soll. Er streicht wie ein gefangener Tiger durch unsere Basis. Wenn wir ihm nicht bald eine richtige Aufgabe anvertrauen, dreht er noch durch.«

»Das ist nicht auszuschließen. Sie erinnern sich daran, was er im Koreakrieg angerichtet hat?«

»Myers ist geheilt.« Shultz' Meinung schien festzustehen. Er griff zum Telefonhörer, wählte eine Nummer und sagte: »Bitte melden Sie Colonel Myers, wir möchten ihn sprechen.«

***

»Sie haben mich rufen lassen, Sir?« Als Myers den Konferenzraum betrat, machte er auf Jenkins den Eindruck eines äußerlich friedlichen Vulkans, der trotz seines Anscheins jederzeit explodieren konnte. Der Körper des Colonels verfügte über eine jahrelang antrainierte

Grundspannung, sodass er selbst im Gehen wirkte, als nähme er gerade eine Habachtstellung ein.

»Richtig, Myers, bitte setzen Sie sich«, lud ihn Shultz ein.

Umständlich rückte der Colonel einen Stuhl zurecht und nahm Platz.

»Wir haben einen Auftrag für Sie …«, begann Jenkins. Myers spitzte die Ohren. »Haben Sie Interesse?«

»Ich bin Soldat, Sir. Was mich interessiert, spielt keine Rolle. Ich befolge Befehle. Seit meiner … gesundheitlichen Wiederherstellung vor einigen Jahren warte ich auf eine Aufgabe. Und damit meine ich nicht den Innendienst, wenn Sie verstehen? Ich bin nicht zur Armee gegangen, um Statistiken zu führen, deren Sinn sich mir nicht erschließt. Wenn Sie unter einem Auftrag einen Kampfeinsatz verstehen, bin ich zufrieden.«

Shultz lehnte sich grinsend zurück und tippte mit dem Radierer-Ende seines Bleistifts auf die Armlehne. »Zu einem Gefecht kommt es hoffentlich nicht, aber wir können eine Feindberührung auch nicht völlig ausschließen. Das wird sich im Verlauf des Unternehmens zeigen. Jetzt aber zum Kern der Angelegenheit: Was wissen Sie über die Operation High Jump?«

Myers überlegte kurz. »Sie meinen das Antarctic Developments Program von 1946?«, vergewisserte er sich.

Jenkins nickte.

»Es war unsere erste größere militärische Operation nach dem Zweiten Weltkrieg. Das Zielgebiet war die Antarktis.« Myers Stimme hatte eine Art offiziellen

Berichtstonfall angenommen »Wenn ich es richtig im Gedächtnis habe, waren an der Operation unter der Leitung von Admiral Byrd etliche tausend Mann auf Schiffen, Flugzeugen und Landfahrzeugen beteiligt. Es ging darum, die Landmasse und die umgebenden Gewässer der Antarktis zu kartographieren. Der Ausgang des Ganzen war, glaube ich, ziemlich katastrophal.«

Shultz stützte sich auf dem Tisch ab und fixierte den Colonel. »Sie können es nicht wissen, Myers. Es ging um weitaus mehr, als nur darum, die Antarktis zu kartographieren. Bereits während des Zweiten Weltkrieges zeichnete sich ab, dass wir nach der Niederlage Deutschlands und Japans einem Gegner gegenüberstehen würden, der uns weitaus gefährlicher werden konnte, weil die neuen Waffensysteme ihn befähigten, uns in unserer Heimat anzugreifen. Sie wissen, was seitdem geschehen ist … immer tödlichere Waffen wurden erfunden. Ein Gegner, der unbemerkt aus einer Polregion angreift, könnte einen vernichtenden Schlag landen …«

»… gegen den Pearl Harbour ein Witz gewesen wäre«, schloss Myers.

»Sie sagen es!« Jenkins zündete sich eine Zigarette an und blies Rauch in den Raum. »Byrd hatte den Auftrag, unser Material zu testen und die Errichtung einer militärischen Basis vorzubereiten.«

»Wir hatten herbe Verluste …«, unkte der Colonel.

»Ja, aber die waren den extremen Wetterbedingungen geschuldet, die sich während des Einsatzes permanent verschlechterten.« Jenkins massierte seine Schläfen. Er wirkte erschöpft. »Wir mussten die Operation abbrechen. Hören Sie, Colonel«, sagte er. »Wir gehen davon aus, dass die Gegenseite seitdem nicht untätig geblieben ist …« Er schob einen großen als streng vertraulich gekennzeichneten Umschlag, der mit einem Siegel verschlossen war, über den Besprechungstisch. »Darin finden Sie alle Informationen, die Sie benötigen.«

Myers öffnete ihn in pedantischer Ruhe mit seinem Armeemesser. Auf seiner Stirn bildete sich eine steile Falte. »Wer sind diese Leute?« Er breitete mehrere Blätter Papier auf dem Tisch aus, die wie Personalstammblätter aufgebaut waren.

»Das ist Ihr Team«, sagte Shultz lakonisch.

»Zivilisten?« Myers gab sich nicht die geringste Mühe, den verächtlichen Ton in seiner Stimme zu kaschieren, und es schien ihm gleichgültig zu sein, dass auch Jenkins – trotz seiner Tätigkeit für das Verteidigungsministerium – genaugenommen ein Zivilist war.

»Experten«, korrigierte dieser. »Sie werden froh sein, jeden Einzelnen von ihnen dabei zu haben.«

Myers Blick ruhte unbewegt auf der Photografie einer hübschen jungen Frau, seine Mimik ließ keinen Rückschluss darauf zu, was in seinen Gedanken vorging. »Wie viele meiner Männer?«, fragte er knapp.

»Zwei müssen reichen. Wir wollen keinen leichtfertigen Aufruhr verursachen«, antwortete Shultz. »Wie Sie vielleicht mitbekommen haben, gibt es Anstrengungen auf höchster Ebene, einen Vertrag abzuschließen, der die ausschließlich friedliche Nutzung der Antarktis sicherstellt ...«

»Der Antarktis-Vertrag ... ich habe davon gehört.« Myers nickte. »Aber es dürfte noch eine gewisse Zeit vergehen, bis er unterschriftsreif ist.«

»Sie täuschen sich«, sagte Jenkins. »Tatsächlich steht er kurz vor dem Abschluss. Er wird es erheblich erschweren, unsere Ziele weiterzuverfolgen. Bevor es so weit ist, müssen Sie die Operation erfolgreich ausgeführt haben, Myers. Wir werden Fakten schaffen, bevor dieser Vertrag unter Dach und Fach ist!«

Myers schwieg.

»Ach ja«, Shultz schien noch etwas Wichtiges eingefallen zu sein. »Myers, diese Leute, die Sie für Ihr Team benötigen ... zwei davon wissen noch nichts von ihrem Glück. Es ist Teil Ihres Auftrags, sie für das Unternehmen zu rekrutieren. Es wird unter Umständen nicht leicht sein. Den Professor haben wir bereits kontaktiert und an Bord geholt. Er hat schon damals bei der Operation High Jump mitgewirkt. Dadurch ist er mit den Gegebenheiten vor Ort vertraut, sowohl was das Klima als auch das Terrain betrifft. Er war ganz scharf darauf, aus dem Hörsaal wegzukommen und sich endlich wieder seiner über alles geliebten Feldforschung widmen zu dürfen.«

***

Nach den Schwierigkeiten, die Myers mit dem starrköpfigen Einsiedler in Alaska gehabt hatte, stellte er sich darauf ein, im Fall Amanda Blairs eine noch härtere Nuss knacken zu müssen.

Myers konnte mit studierten Menschen nur wenig anfangen. Auf ihn machten sie den Eindruck, lebensunfähig zu sein. Er war von seiner Menschenkenntnis überzeugt, und schon bei der Ausbildung seiner Rekruten hatte sich gezeigt, dass Studenten für den Militärdienst weniger brauchbar waren als bodenständige Farmersöhne oder Landarbeiter, die im Blut hatten, wie man die Ärmel hochkrempelt und ordentlich zupackt, ohne Fragen nach dem Warum zu stellen.

Berkeley hatte einen aus seiner Sicht besonders zweifelhaften Ruf. Nicht umsonst hatte die lokale Universitätsleitung vor einigen Jahren von allen Beschäftigten einen antikommunistischen Treueeid eingefordert. Dass sich einige der Angestellten geweigert hatten, diesen zu unterschreiben, war in seinen Augen ein Indiz dafür, dass hier kommunistische Kräfte bis heute zersetzend agierten.

San Francisco war in jenen Tagen ein Auffangbecken für das, was Myers als Randgruppen betrachtete. Schon der Weg zum Universitätscampus am östlichen Ufer der San Francisco Bay war ihm ein Gräuel. Es gab kaum Möglichkeiten, all den Menschen auszuweichen, die hier herumlungerten und die für ihn das Paradebeispiel von Disziplinlosigkeit, Verwahrlosung und Sittenverfall darstellten. Ein Aufenthalt in einer solchen Umgebung war für ihn schlimmer als eine Reise zu den unwirtlichsten Einöden.

***

Mit Doktor Blair hatte er sich im vorangegangenen Telefonat vor der Tür eines Vorlesungssaals verabredet. Myers traf wie gewohnt exakt zur vereinbarten Zeit am Treffpunkt ein. Unpünktlichkeit bedeutete in seinen Augen eine Charakterschwäche und eine Rücksichtslosigkeit gegenüber den wartenden Personen.

Auch für die Biologin und Ärztin schien Pünktlichkeit eine Tugend zu sein. Myers musterte sie interessiert. Auf der Fotografie in der Akte hatte sie älter gewirkt. Womöglich waren daran der altmodische Dutt, der ihr eine gewisse Strenge verlieh, und das graue Kostüm schuld, das sie bei der Entstehung des Bildes getragen hatte.

Am heutigen Tag hatte sie es gegen ein modisches, figurbetontes Kleid eingetauscht. Das kastanienbraune Haar trug sie offen und schulterlang. Ihr dezentes Make-up war perfekt. In keiner Weise glich es dem, was manche modernen Frauen jeden Morgen auftrugen und das Myers insgeheim Kriegsbemalung nannte. Das Parfum der Akademikerin verströmte einen angenehm dezenten Vanilleduft.

Der Colonel fand sie auf Anhieb attraktiv.

Zwar hatte er sich geschworen, sich nie wieder auf eine Frau einzulassen, nachdem Deborah ihm den Laufpass gegeben hatte, trotzdem war er nach wie vor für weibliche Reize empfänglich.

***

Nach seiner Heimkehr aus dem Krieg war alles ganz anders gewesen, als er es sich vorgestellt hatte. Er wurde nicht als Held gefeiert, und Deborah, die er jahrelang nicht gesehen hatte, hatte inzwischen einen Job in Hanks Schnellimbiss angenommen. Der Inhaber war dafür berühmt und berüchtigt, dass er seine Hände nicht bei sich behalten konnte. Myers gab sich redliche Mühe, seine Eifersucht zu verbergen, aber bereits nach wenigen Wochen stritten er und Deborah fast nur noch. Sie konnte es nicht ertragen, dass er immer wieder von Neuem anfing, vom Krieg zu erzählen, der in den vergangenen Jahren sein Leben geprägt hatte und für sie so weit entfernt gewesen war. Und ihn langweilten Deborahs belanglose Geschichten über ihre stupide Arbeit im Imbiss, ihre Schwester, die restliche Verwandtschaft und die Nachbarn.

Da er zunächst wegen gesundheitlicher Probleme vom Dienst freigestellt war, reduzierte sich sein Alltag darauf, sich um den Haushalt und den kleinen Garten zu kümmern, der zum Haus der Myers gehörte. Wahrscheinlich war es das, was ihn die Situation nur schwer ertragen ließ. Er kam sich so nutzlos vor. Er, der stets das Kommando geführt und die Verantwortung für seine Männer getragen hatte, musste sich nun von seiner Frau sagen lassen, wie lange er die Nudeln fürs Abendessen zu kochen hatte. Und glaubte er seinem älteren Nachbarn, so stellte er sich bei der Gartenarbeit wie ein Idiot an.

In der Hoffnung auf bessere Zeiten hätte er ihre Ehekrise ertragen, so wie er die Schrecken des Krieges ertragen hatte. Dieser kam irgendwann zu einem Ende und so würden auch die Streitigkeiten mit Deborah irgendwann der Vergangenheit angehören. Doch seiner Frau mangelte es an der erforderlichen Geduld, lange genug durchzuhalten, und sie verließ ihn. Myers fühlte sich von Debbie verraten. Hatten sie nicht einander versprochen, in guten wie in schlechten Zeiten zueinanderzustehen? Aus seiner Sicht hatte er ihr keinen ernsthaften Grund geboten, das bei der Eheschließung gegebene Treueversprechen zu brechen. Aber Deborah hatte offenbar eine andere Vorstellung, und der Ausdruck »bis dass der Tod euch scheidet«, war für sie letztendlich eine hohle Phrase ohne wirkliche Bedeutung.

Weiber … dachte er und unterdrückte das Kopfschütteln, zu dem es ihn drängte.

***

Myers streifte die Erinnerung ab und konzentrierte sich auf die Unterhaltung mit Amanda Blair.

»Colonel Myers?«, sagte sie in einem fragenden Tonfall und setzte daraufhin ein gewinnendes Lächeln auf. »Bitte folgen Sie mir in mein Büro. Dort sind wir ungestört.«

Das Büro war ein kleiner Raum, vielleicht eine ehemalige Abstellkammer, die über ein Oberlicht mit Tageslicht versorgt wurde. Der Colonel nahm die Gestaltung des Zimmers wohlwollend wahr. Joe Rosenthals ikonische Darstellung des *Hissens der Flagge auf Iwojima* hing neben einem Faksimile der amerikanischen Unabhängigkeitserklärung.

»Entschuldigen Sie, außer einem Glas Wasser kann ich Ihnen leider nichts anbieten«, sagte Amanda Blair und deutete auf einen Stuhl vor dem Schreibtisch. »Bitte nehmen Sie Platz, und dann erzählen Sie mir in aller Ruhe, warum die Armee ausgerechnet mich braucht?«

Myers setzte sich und berichtete in groben Zügen. Er schloss mit den Worten: »Die Tatsache, dass das Objekt nicht bereits beim Eintritt in die Erdatmosphäre verglüht ist, spricht für einen künstlichen Himmelskörper.«

»Sie haben die Russen im Verdacht?« Amanda Blair straffte sich. »Warum schicken Sie nicht einfach einen Trupp ihrer Männer hin? Wenn ich Sie richtig verstehe, soll die Expedition ohnehin unter einem militärischen Kommando stehen, oder? Ich meine … das klingt doch nicht nach einer Forschungsreise … «

Myers musste anerkennen, dass sie die richtigen Fragen stellte. MacNeil war bei allem Misstrauen nicht darauf gekommen, diesbezüglich intensiver nachzubohren.

»Es handelt sich um eine Verfügung des Außenministeriums. Bei der Army gibt es einerseits die Erfahrung, andererseits die erforderliche Infrastruktur für ein solches Unternehmen. Das vereinfacht das ganze Prozedere und verringert die Kosten ungemein. Man will keine hart erarbeiteten Steuergelder verschwenden. Meine Männer und ich sind lediglich Begleitpersonal. Im wissenschaftlichen Bereich haben Sie alle Freiheiten, die Sie benötigen.«

»Ich verstehe.« Sie nickte, dann lächelte sie plötzlich vieldeutig und sagte: »Ich fühle mich auch ehrlich gesagt sicherer, wenn ich in einer weitgehend unerforschten Region stattliche Männer in Uniform wie Sie an meiner Seite habe.«

Myers räusperte sich. »Darf ich das als Zusage verstehen? Das klingt so, als hätten Sie sich bereits entschieden?«

»Ich habe keine Ahnung, ob sich mir eine solche Gelegenheit jemals wieder bieten wird«, gestand Amanda Blair ein. »Würde ich Ihr Angebot ausschlagen, müsste ich mir wohl mein Leben lang Vorwürfe machen. Also zum Teufel mit allen Bedenken. Ich bin dabei.«

KAPITEL 3

Mark MacNeil war, wie mit Myers vereinbart, in Anchorage in eine Maschine der US Army gestiegen, in der er während des Fluges bei seinen Hunden bleiben konnte. Nach einem Zwischenstopp auf der Travis Air Force Base, wo der Colonel zu ihm gestoßen war, hatte die Douglas C-47 sie in Richtung Süden transportiert. Aufgrund der dröhnenden Flugzeugmotoren war es im Frachtraum für Mensch wie Hund nahezu unmöglich, in Ruhe zu schlafen. Daher hatte MacNeil die meiste Zeit damit verbracht, seine durch die Reise und die fremde Umgebung nervösen Tiere zu beruhigen.

Nach mehreren Zwischenstopps auf Flughäfen in Südamerika, bei denen die Propellermaschine neu aufgetankt und gewartet wurde, setzte sie der Pilot schließlich souverän an ihrem Bestimmungsort ab. Eine reguläre Landebahn gab es hier nicht, doch das antarktische

Ross-Schelfeis bot genug freie und ebene Flächen, um ein Flugzeug aufzusetzen und wieder zu starten.

Die geduckten Gebäude in Little America, wie der Name der hiesigen Station lautete, waren vor gut einem Jahrzehnt im Rahmen der Navy-Operation Deep Freeze errichtet worden. Den Lagerhäusern, dem Wissenschaftsbereich und der Mannschaftsunterkunft mit den engen Schlafräumen und ihrer schlichten und funktionalen Einrichtung war das Kantinengebäude angegliedert. Lediglich bei Letzterem hatte man sich Mühe gegeben, eine behagliche Inneneinrichtung zu installieren.

Offiziell galt die Station als aufgegeben. In Wirklichkeit war dieser geheime, südlichste Posten der amerikanischen Streitkräfte jedoch sehr aktiv.

***

Mark MacNeil drückte unwillkürlich das Kreuz durch und die Brust heraus, als die Frau den Eingangsbereich der Kantine betrat. Der Raum war so gestaltet, dass man problemlos hätte glauben können, sich in einem Hotel der gehobenen Mittelklasse zu befinden. Aus einer Jukebox ertönte leise »In the Chapel in the Moonlight«. MacNeil zog die ursprüngliche Version von Shep Fields den neueren Interpretationen vor. Von wem die Fassung stammte, die gerade gespielt wurde, wusste er nicht.

An der Bar standen einige Männer, die Scotch on the Rocks oder Bier tranken.

Amanda Blair war die einzige Frau, die er an diesem Ort bislang gesehen hatte. Zielsicher steuerte sie auf den freien Sitz gleich neben seinem zu.

»Na, genießen Sie auch noch die Ruhe, bevor es losgeht?«, fragte sie und strich sich eine kastanienbraune Locke aus der Stirn. Mark schätzte sie auf Anfang dreißig, und sie war hübsch. Vor allem ihre natürliche und sympathische Ausstrahlung faszinierte ihn von der ersten Sekunde an.

»Wie meinen Sie? Heißt das, Sie … Sie …«, stotterte er unbeholfen und verfluchte die Tatsache, dass er die letzten Monate fast vollständig allein in der Gesellschaft seiner Hundefreunde verbracht hatte, mit denen er im Gegensatz zu Menschen nie Smalltalk betreiben musste.

»Natürlich nehme ich an der Expedition teil. Was dachten Sie denn?« Sie lachte.

»Ich habe vermutet, äh … Sie könnten vielleicht … eine … äh … Journalistin sein?« Er riss sich zusammen und fragte mit fester Stimme: »Was möchten Sie trinken?«

»Oh, Sie würden mir etwas holen? Sie sind wohl ein Gentleman der alten Schule?«

»Aha, Sie glauben also, ich sehe aus wie ein Hinterwäldler ohne Manieren?« MacNeil biss sich auf die Zunge. Er hatte sie nicht so hart angehen wollen. Mein Gott, was war denn mit ihm los?

»Nein, keineswegs«, antwortete sie ohne eine Spur von Beleidigtsein in der Stimme. »So habe ich es wirklich nicht gemeint.« Sie nahm Platz und legte ein Notizbuch vor sich hin. Mit einem Gummiband war ein Stift daran befestigt.

Gegen seinen Willen musste er grinsen. »Also, was darf es sein?«

»In Anbetracht dessen, was in den nächsten Tagen auf uns zukommt, sollte ich vielleicht an Kalorien zu mir nehmen, was ich kriegen kann. Wenn Sie mir wohl eine heiße Schokolade bringen möchten …?«

»Mit Vergnügen.« MacNeil stand auf und begab sich zur Bar. Als er zurückkehrte und das dampfende Getränk vor der Frau abstellte, fiel ihm ein, dass er sich nicht einmal vorgestellt hatte.

»Sorry, ich habe mein Benehmen wohl völlig außer Acht gelassen. Mein Name ist Mark MacNeil.« Er reichte ihr die Hand. »Ich bin für die Schlittenhunde verantwortlich.«

»Ah, sehr interessant, Mister MacNeil«, entgegnete sie. »Mein Name lautet Amanda Blair. Ich bin als Wissenschaftlerin im Team.«

»Welches Fachgebiet?«

»Humanmedizin und Biologie«, antwortete Blair und rührte nachdenklich in ihrem Kakao. »Ich habe meine Doktorarbeit über die Auswirkungen großer Kälte auf den menschlichen Organismus geschrieben. Allerdings hätte ich mir nie träumen lassen, dass mir das einmal die Teilnahme an einer Expedition in die Antarktis einbringen würde.«

»Was hatten Sie sich denn stattdessen vorgestellt?«, zeigte sich MacNeil wenig fantasievoll, welchem praktischen Zweck ihre Forschungsergebnisse sonst hätten dienen können.

»Nun, meine Arbeit hat mir die Tore zu weiteren Forschungen im Bereich der Hypothermie geöffnet. Die sogenannte therapeutische Hypothermie wird bereits in klinischen Feldstudien angewandt und hilft etwa, Blutungen bei operativen Eingriffen an Herz oder Gehirn zu verringern. Allerdings wissen wir bisher zu wenig darüber, um in die breite praktische Anwendung zu gehen. Ich habe überlegt, ob es wohl zu verantworten ist, dass ich meine Studien unterbreche, allerdings wollte ich die einmalige Chance, an dieser Expedition teilzunehmen, nicht verpassen. Wie sieht es mit Ihnen aus? Wie hat Myers Sie rumgekriegt?«

»Ja … äh … also … er …«, druckste MacNeil herum. Er wünschte sich, er hätte sich auf diese Frage, mit der er unweigerlich konfrontiert werden musste, rechtzeitig eine Antwort zurechtlegt.

Jetzt hat sie mich auf dem falschen Fuß erwischt, dachte er.

»Nun ja, ich brauche das Geld. Außerdem reizt mich das Abenteuer.« Er kam sich unglaublich dumm vor. Aber Amanda Blair schien seine Geschichte keineswegs merkwürdig zu finden.

»Das habe ich mir fast schon gedacht, als ich sie gerade beim Hereinkommen zum ersten Mal gesehen habe.

Wissen Sie, die meisten Männer von heute meiden das Abenteuer wie der Teufel das Weihwasser. Es ist mir immer ein Vergnügen, einer Ausnahme von dieser Regel zu begegnen.«

Sie strahlte über das ganze Gesicht.

»Hey«, flüsterte sie ihm mit vorgebeugtem Oberkörper zu, umfasste seinen Oberarm und raunte verschwörerisch: »Da kommt ja Myers letzte Neuerwerbung … der Wunderknabe aus Los Angeles!« Amanda Blair nickte in Richtung des kleingewachsenen, dicklichen Mannes, der gerade den Raum betrat. Mit linkischen Bewegungen steuerte er die Getränkeausgabe an. Dabei blickten die wässrigen, hellblauen Augen hinter seiner viel zu großen Brille in eine imaginäre Ferne, als befände er sich geistig an einem ganz anderen Ort, als im Ritz-Carlton Hotel, wie die Station im westlichen Schelfeis von den hier jeweils für ein Vierteljahr stationierten Soldaten und Wissenschaftlern spaßeshalber bezeichnet wurde.

MacNeil hatte sich wiederholt gewundert, warum man nicht einfach eine Mannschaft aus ihren Reihen rekrutiert hatte. Seine Überlegungen nährten den Verdacht, dass Myers ihnen wichtige Informationen über ihren Auftrag vorenthielt.

»Kommen Sie, Olsen, leisten Sie uns Gesellschaft«, lud Blair den Wissenschaftler ein, der sie erst jetzt zu bemerken schien. Er setzte sich wie mechanisch in Gang und trottete auf ihren Tisch zu.

MacNeil hatte den Glaziologen tags zuvor kennengelernt, als dieser als letzter Missionsteilnehmer in der Station angekommen war. Olsen hatte nicht an der offiziellen Begrüßung durch deren Leiter, Major Walker, teilgenommen, sondern war gleich in seine Unterkunft gegangen. Bisher hatte er mit ihm nur oberflächliche Höflichkeiten ausgetauscht, aber der Mann mit der Halbglatze machte auf MacNeil einen umgänglichen Eindruck. Er wirkte freundlich, wenn auch etwas unbeholfen und zerstreut.

Während der Wissenschaftler sein Tablett abstellte, betrat Myers die Kantine und ließ seinen Blick forschend durch den Raum schweifen.

MacNeil hoffte, der Colonel sei auf der Suche nach jemand anderem, doch er kam auf direktem Weg zu MacNeil, Amanda und Olsen.

»Guten Tag, ich hoffe, ich störe nicht?«, begrüßte Myers das Trio.

MacNeil, der sich lieber ungestört mit den beiden Forschern unterhalten hätte, war kurz davor, ihm zu sagen, dass tatsächlich genau dies der Fall sei, aber Amanda kam ihm mit der Antwort zuvor.

»Überhaupt nicht, Colonel Myers, wir betreiben gerade nur etwas Konversation. Mark hat mir erzählt, wie er Sie kennengelernt hat.«

»So, hat er das? Na, dann kennen Sie ja die Umstände, die ihn motivieren, uns Gesellschaft zu leisten …« Myers ließ offen, was er damit meinte.

Nein, kennt sie nicht, Arschloch, dachte MacNeil, verkniff sich jedoch eine bissige Bemerkung.

***

Für den Nachmittag hatte Myers eine Besprechung anberaumt, um den an der Operation teilnehmenden Zivilisten das weitere Vorgehen zu erläutern.

»Wir brechen morgen früh bei Sonnenaufgang auf. Nutzen Sie die Nacht, um genügend Schlaf zu tanken. So gemütlich wie hier werden Sie's eine ganze Weile lang nicht mehr haben. Das Kettenfahrzeug der Station wird uns das erste Wegstück transportieren, bis etwa … hier.« Myers tippte mit dem Zeigestab auf einen Ausschnitt der Karte, die er vor sich entfaltet hatte. »Dort wird unsere Begleitung umkehren, während wir weiter nach Süden vorstoßen.«

»Was ich nicht verstehe …«, meldete sich MacNeil zu Wort, »… warum lassen wir uns nicht gleich näher an die Einschlagstelle heranfliegen?«

Myers nickte. »Ich habe damit gerechnet, dass diese Frage früher oder später aufkommen würde. Natürlich könnten wir damit jede Menge Zeit sparen. Allerdings ist dieses Gebiet weitgehend unerforscht. Luftbilder unserer Aufklärungsflugzeuge zeigen eine Geländestruktur, die keine sichere Landung erlaubt. Im Rahmen der Operation High Jump haben wir genau an dieser Stelle zwei unserer C-53 verloren.«

»Scheiße! Olsen, was soll das?« MacNeil fuhr wie von der Tarantel gestochen auf. Der Wissenschaftler zu seiner Linken hatte die Kaffeetasse fallen lassen. Ihr Inhalt hatte sich über den Tisch verteilt und war auf die Hose des Hundeführers gespritzt.

MacNeil versuchte, das Unglück mithilfe von Papierservietten einzudämmen, als er aus dem Augenwinkel bemerkte, wie Major Walker den Raum betrat.

Olsen entschuldigte sich wortreich und erweckte den Eindruck eines gescholtenen Schuljungen. Anstatt jedoch bei der Beseitigung der Schweinerei, die er verursacht hatte, zu helfen, stürmte er fluchtartig aus dem Raum.

MacNeil seufzte. »Na, dann werde ich mich mal umziehen gehen. Bei der Gelegenheit schaue ich gleich nach den Hunden.«

Als er aus der Schleuse ins Freie trat, traf ihn die klirrende Kälte wie eine Faust. Rasch schloss er die gefütterte Jacke, die er von der Army erhalten hatte. Die Mission war mit modernster Ausrüstung ausgestattet, in die die neusten Erkenntnisse der Weltraumforschung eingeflossen waren, aber er wünschte sich schon jetzt die dicke Felljacke zurück, die ihn in den letzten zwei Jahren auf seinen Wanderungen durch die Wälder Alaskas stets zuverlässig gewärmt hatte.

MacNeil überlegte kurz, ob wohl jemals Menschen bis auf den Mond fliegen würden, der einen wesentlich feindlicheren Lebensraum darstellte als die Südpolregion? Er streifte die Handschuhe über und stapfte zu dem

Lagerhaus, in dem seit ihrer Ankunft die Malamuten in einem behelfsmäßigen Zwinger einquartiert waren.

Er betrat das von außen mit Raureif bedeckte Gebäude und sah, dass die Hunde nicht allein waren. Einer der beiden GIs, die Myers für die Expedition ausgewählt hatte, kniete vor der Tür des Zwingers. Er schien mit den Hunden geredet zu haben, verstummte aber schlagartig, als er MacNeil bemerkte. Jetzt richtete er sich auf. Der drahtige Kerl, der eine typisch soldatische Gewissenhaftigkeit ausstrahlte, hieß Schuster oder Schubert, wenn sich MacNeil richtig erinnerte. Der Colonel hatte berichtet, der Mann sei ein versierter Musher, wie Schlittenhundeführer auch genannt wurden, der sein Handwerk bei der 10th Air Rescue Squadron erlernt hatte. Er sollte den zweiten Schlitten lenken, der Olsen, Blair und die wissenschaftliche Ausrüstung transportierte. Der Mann deutete einen militärischen Gruß an.

»Ich wollte mich mit den Hunden schon mal anfreunden, bevor's morgen ernst wird«, sagte er entschuldigend.

»Schon gut, Private, ich wollte Sie nicht kontrollieren«, beschwichtigte MacNeil, der sofort erkannte, dass mit dem Rudel alles in Ordnung war. Nur Kenai hatte sich in die entlegenste Ecke zurückgezogen und beäugte jede Bewegung des GIs kritisch.

»Ein herrliches Tier«, stellte dieser bewundernd fest. »Schätze, der wiegt gut und gern fünfzig Kilo. Ich habe in meinem ganzen Leben nie einen so imposanten Schlittenhund gesehen.«

»Na ja, beim Militär wird hauptsächlich mit Sibirischen Huskies und manchmal mit Samojeden gearbeitet. Mein Rudel besteht aus Malamuten, und die werden im Vergleich doppelt so groß und kräftig. Das Handling der Tiere ist jedoch dasselbe.«

»Der Umgang mit dem großen Rüden ist bestimmt besonders spannend.«

»Das stimmt, aber bei dem können Sie sich Ihre Mühe sparen. Kenai ist das Leittier meines Gespanns. Sie werden sich mit Wanda und Wilma an der Spitze ihres Schlittens zufriedengeben müssen.«

»Kein Problem, Sir.«

»Ich bin sicher, Sie werden ihre ausgeprägte Freude am Laufen und ihre Begeisterungsfähigkeit zu schätzen wissen. Sie sind unkompliziert, pfeilschnell und beherrschen die gängigen Kommandos. Sie sind übrigens Wurfgeschwister.«

»Klingt gut.«

»Und lassen Sie mich eines vorwegschicken: Ihre Aufgabe beschränkt sich auf das Lenken des Schlittens. Die Pflege der Hunde, das Füttern und das An- und Ablegen der Geschirre und Seile übernehme ich persönlich. Schreiben Sie sich vor allem eines hinter die Ohren: Die Hunde werden weder für ein vermeintliches noch ein tatsächliches Fehlverhalten bestraft. Niemand schlägt sie, egal ob mit der Hand oder der Peitsche. Solche archaischen Methoden dulde ich nicht. Kapiert?«

»Ja, Sir.«

»Bestens.« MacNeil klopfte dem Soldaten aufmunternd auf die Schulter. Dann wandte er sich von ihm ab und verließ das Lagerhaus.

***

Als MacNeil am nächsten Morgen aufwachte und sein Blick durch das vereiste Bullauge der Schlafkabine ins Freie wanderte, bedauerte er die verschlungenen Schicksalspfade, die ihn gegen seinen Willen zur Teilnahme an diesem Unternehmen gezwungen hatten. Jetzt blieb ihm nichts anderes mehr übrig, als seinen Hals heil aus der Schlinge zu ziehen.

Das von seiner Koje aus gut sichtbare Thermometer der Wetterstation zeigte eine Temperatur von minus siebzehn Grad Celsius an, und das Anemometer wirbelte in einer Hektik, die auf eisige Windböen schließen ließ.

Nachdem er sich gewaschen hatte, kleidete er sich sorgfältig an, eine Lage über die andere, sodass jede Körperpartie mehrfach überdeckt war.

Er traf Myers draußen bei den Schlitten. Der Colonel unterhielt sich mit dem Leiter der Station. Die beiden schienen über eine Sache grundsätzlich verschiedener Meinung zu sein. Es klang nicht direkt nach einem Streit, aber jeder vertrat seine Position mit Nachdruck.

»... mag richtig sein, Walker, nur verlieren wir auf dieser Route einen kompletten Tag«, hörte er Myers sagen. »Ich fürchte, das können wir uns nicht leisten.«

MacNeil fragte sich, warum der Colonel es so eilig hatte. *Befürchtet er, dass das Objekt, dessen Absturz über der westlichen Antarktis beobachtet worden war, durch Neuschnee so tief begraben werden könnte, dass ihre Suche aussichtslos sein würde?*

»Ich weiß nicht, ob Sie wirklich Zeit sparen, wenn Sie die südliche Route nehmen, Meyers. Schauen Sie … dieser Höhenzug liegt wie ein Riegel in Ihrem Weg. Wenn Sie wieder umkehren oder ihn weiträumig umgehen müssten, kostet Sie das viel mehr Zeit!«

Myers schüttelte entschieden den Kopf. »Sie gehen von Ihrem Schneemobil aus, aber unsere Hundeschlitten …« Er bemerkte MacNeil und winkte ihn näher heran. »Ah, da sind Sie ja. Ich habe gerade von Ihnen gesprochen. Alles klar bei Ihnen?«

»Denke schon«, gab MacNeil einsilbig zurück. »Gibt es ein Problem?«

»Nein, nein, nur eine kleine Unentschiedenheit bezüglich der Route …« Myers hielt inne, als Amanda Blair und Professor Olsen aus der Mannschaftsunterkunft traten. MacNeil fiel auf, dass Amanda sogar in der unförmigen Schneekleidung eine gute Figur machte.

»Guten Morgen!«, grüßte die Biologin schon von Weitem.

Olsen hingegen schwieg beharrlich. Er nestelte an den Schnürsenkeln der Ohrenklappen seiner Mütze herum, die sich ineinander verheddert hatten. Als er den Knoten endlich gelöst hatte, zog er die Kopfbedeckung tief ins Gesicht. Die Augengläser vom Vortag hatte er gegen eine Sonnenbrille eingetauscht und er wirkte in seiner Vermummung wie ein Außerirdischer. Er hielt sich ein gutes Stück von Myers und Walker fern, drehte ihnen den Rücken zu und musterte interessiert eine Gruppe vorbei watschelnder Kaiserpinguine, die gerade ihre im Landesinneren geschlüpften Jungen zu ihren Jagdgründen im Meer geleiteten.

Walkers Männer waren damit beschäftigt, das Schneemobil für die Erkundungsfahrt vorzubereiten und zu beladen. Im Vergleich zu den Hundegespannen würde es vermutlich relativ unbeweglich sein.

Walker hatte den missbilligenden Blick des Mushers registriert. »Ich weiß, Sie halten viel von Ihren Hunden, MacNeil. Glauben Sie mir, die Zukunft gehört den technischen Lösungen.«

MacNeil zuckte nur die Schultern, was unter der dicken Kleidung vermutlich niemand bemerkte.

KAPITEL 4

Das Bombardier-B-12-Schneemobil quälte sich die Steigung am Übergang des Schelf-Eises zur antarktischen Kontinentalplatte empor. Der altehrwürdige Chrysler-Flathead-Motor mit lediglich einhundert PS geriet dabei fast an seine Grenzen, da er für einen Einsatz unter solchen Bedingungen ursprünglich nicht konzipiert worden war. Trotz seiner frappierenden Leistungsschwäche bewältigte das Fahrzeug die ihm gestellte Aufgabe zuverlässig. Am Steuer saß Sergeant Willis, der das Schneemobil regelmäßig bei Fahrten in das Innere der Antarktis lenkte. Der jetzt von ihm befahrene Weg war für solche Gelegenheiten von den in Little America stationierten Soldaten von allen Hindernissen befreit worden. Zudem hatten sämtliche Bodenlöcher leicht sichtbare Markierungen in Form dreieckiger Fähnchen erhalten.

Dennoch ging es nur zäh vorwärts.

Von der langsamen Geschwindigkeit genervt, die kaum mehr als zehn Stundenkilometer betrug, trommelte Meyers, der auf dem Beifahrersitz saß, mit den Fingern auf dem Armaturenbrett und dachte: *Die Russen haben garantiert längst etwas Besseres als diesen fahrbaren Schrotthaufen entwickelt …*

Das B-12-Mobil wurde über zwei, im Frontbereich anmontierte, mit Skiern versehenen Kufen gesteuert, die in direkter Verbindung zur Lenkstange standen. Das Dach der Kabine war nach oben hin gewölbt, weshalb seine Silhouette einem überdimensionierten Käfer glich. Normalerweise mit Sitzen für bis zu zwölf Mann ausgestattet, hatten für den gegenwärtigen Einsatz die hinteren Bänke weichen müssen, um Platz für die Ausrüstung der Expedition zu schaffen. Die beiden Schlitten hatten Walkers Männer auf dem Dachgepäckträger des Fahrzeugs vertäut.

An der Anhängerkupplung am Heck hing ein Lkw-Trailer, dessen Räder findige Army-Ingenieure für die Verwendung im Polarkreis gegen Kufen ausgetauscht hatten. Darin kauerten MacNeil und das Hunderudel, die bei jeder Unebenheit heftig durchgerüttelt wurden.

Nach fünfzig Kilometern kam der Zeitpunkt, Abschied von Sergeant Willis und dem Schneemobil zu nehmen. Während beide Schlitten beladen wurden und Schumann ihre Kufen vereiste, bereitete MacNeil die Zugleinen und Geschirre für die Hunde vor. Bei bestem Wetter bellten die Tiere vor Aufregung, winselten und hüpften aneinander hoch. Sie freuten sich augenscheinlich, bei strahlendem Sonnenschein wieder an der frischen Luft zu sein und sich austoben zu können.

MacNeil befestigte die Leinen vorn an den Schlitten, streifte den Hunden die Zuggeschirre über und teilte sie in zwei Doppel-Gespanne auf, bei denen jeweils zwei Hunde nebeneinander laufen. Das erste führten Kenai und Tinkerbell als Leithunde an, die beiden »Schnellen Schwestern« das zweite. Als er die Vorbereitungen beendet hatte, überließ er Schumann den Schlitten mit Wanda und Wilma. Dann winkte er den Rest des Teams herbei.

Meyers und Jones setzten sich auf den von MacNeil gelenkten Schlitten, Amanda und Olsen nahmen vor Schumann Platz.

Die Musher lösten die Schneeanker und Bremsen, MacNeil rief: »Go!«, und die Vierbeiner preschten wie bei einem Rennen los. Aufgrund des Bewegungsmangels der letzten Tage nach Aktivität ausgehungert, beschleunigten sie mit aller aufgestauten Energie. Die Hundeführer mussten sie mit wiederholten »easy, easy!«-Rufen zu einem langsameren Tempo ermahnen, denn bei dieser Expedition kam es darauf an, dass die Hunde mit ihrer Kraft haushielten und im Trab möglichst lange Strecken am Stück absolvierten, statt mit Höchstgeschwindigkeit zu sprinten.

Die gedrückte Stimmung, unter der MacNeil die letzten Tage gelitten hatte, verflog mit dem Fahrtwind, während der Schlitten über die schier endlose, weiß und silbrig glitzernde Fläche glitt, die sich vor ihnen ausbreitete. Je weiter sie vordrangen, desto mehr wurde MacNeil bewusst, dass die Einsamkeit der Polarregion eine andere war als jene, in der er die letzten Jahre verbracht hatte.

Unterwegs sah er in regelmäßigen Intervallen auf den am Haltegriff vor ihm montierten Kompass, der ihm den Weg zum Whitney Peak wies. Gelegentlich korrigierte er Kenais Laufweg mit »gee over!« beziehungsweise »haw over!« Kommandos, wenn er zusammen mit den übrigen Hunden den Schlitten nach halbrechts oder halblinks ziehen sollte.

Der erste Tag verstrich ohne besondere Vorkommnisse, und die Expedition baute am frühen Abend die beiden Drei-Mann-Zelte auf, die sie nachts vor der Witterung schützen würden.

Nach dem auf einem Karbidkocher erhitzten, schweigsam eingenommenen Abendessen, krochen die drei Soldaten und Olsen bald in die Zelte und die Wärme der Schlafsäcke.

Amanda und MacNeil blieben auf ihren dreibeinigen Klapphockern sitzen und bewunderten die spektakuläre Mitternachtsdämmerung sowie die Polarsonne.

Endlich gelang es Amanda Blair, den wortkargen Mann in ein längeres Gespräch zu verwickeln.

Sie hatte dazu schon vorher zwei oder drei gescheiterte Anläufe unternommen. Von Anfang an war sie überzeugt gewesen, dass seine Hunde der passende Hebel sein würden, um ihm die Zunge zu lösen. Bei Fragen zum täglichen Umgang mit den Tieren hatte er allerdings immer abgeblockt und etwas davon gemurmelt, dass sie ihm einfach zusehen solle. So würde sie alle ihre Antworten bekommen.

Einige der Hunde durfte sie nicht einmal berühren. Insbesondere galt das Verbot für den Leitrüden Kenai und die Wurfgeschwister Wanda und Wilma.

Nun saß der Hundeführer der Wissenschaftlerin gegenüber, und Amanda entschloss sich zu einem letzten Versuch, ein längeres Gespräch mit den Hunden als Einstiegsthema in Gang zu bringen. Doch diesmal verzichtete sie auf Fragen zum täglichen Umgang mit den Tieren. Stattdessen wollte sie wissen, woher seine Begeisterung für die Tiere rührte?

Und tatsächlich erzählte er ihr ausführlich von der Zeit, in der er sein Rudel kennengelernt hatte.

***

»Nachdem O'Donnell, das ist der Typ, von dem ich die Hunde und mein Haus übernommen habe, mein Angebot akzeptiert hatte, bestand ich darauf, dass er augenblicklich seinen Krempel zusammenpackt. Als er so weit war, haben wir alles auf der Ladefläche von meinem Pick-up verstaut, und dann habe ich ihn nach Anchorage kutschiert. In der Stadt habe ich den vereinbarten Kaufpreis von der Bank abgehoben und ihm in die Hände gedrückt. Im Austausch dafür gab er mir die Schlüssel zu seiner Bruchbude. Ich war echt froh, ihn wieder los zu sein.«

MacNeil lächelte schmal, bevor er weitersprach.

»Dann bin ich in mein Hotel, habe ausgecheckt und meinen kompletten Besitz aus dem Zimmer ins Auto gebracht. Viel war es nicht, nur ein Koffer voll mit Klamotten. Nachdem ich einen Wochenvorrat an Lebensmitteln für mich und Futter für die Hunde eingekauft hatte, besorgte ich mir ein Jagdgewehr. Man weiß ja nie, wer oder was einen in der Einsamkeit erwartet. Als ich mich schon auf den Rückweg gemacht hatte, erinnerte ich mich zum Glück an den Schmutz und Gestank im Haus. Zwar hatte ich O'Donnells Bett nicht gesehen, aber falls es genauso verdreckt sein sollte wie er und der Rest des Grundstückstücks – und davon war auszugehen – wollte ich mich da bestimmt nicht reinlegen. Der bloße Gedanke daran war einfach ekelhaft. Deshalb habe ich meine Ausrüstung noch um einen Schlafsack und die halbe Putzmittelabteilung aus einem Supermarkt ergänzt. Erst kurz vor Sonnenuntergang war ich wieder bei den Hunden.«

MacNeil trank einen Schluck aus seiner Kaffeetasse. Das Getränk war bei den sinkenden Außentemperaturen rasch abgekühlt.

»Die armen Tiere waren so abgemagert, dass ich mich entschloss, ihnen den Truthahn zu kochen, den ich eigentlich für mich selbst besorgt hatte. Für mich blieben ja immer noch Brot und Dörrfleisch übrig. Ihnen beim Kennenlernen etwas besonders Leckeres zuzustecken, würde hilfreich dabei sein, ihr Vertrauen zu gewinnen.

Ich kochte also das Federvieh, zerteilte es in mundgerechte Happen und füllte die Stücke in einen großen Eimer. Als ich damit zu den Hunden ging, reagierten sie – wie schon vorher – aggressiv und abweisend, teils auch ängstlich. Sie jetzt schon von den Ketten zu befreien, wäre viel zu leichtsinnig gewesen. Also drehte ich eine Runde, darauf bedacht, keinem der Tiere zu nahe zu kommen und ihnen nicht in die Augen zu sehen. Ihnen meine linke Körperseite zugewandt, warf ich ihnen die Fleischbrocken zu, die sie gierig verschlangen. Der Anfang war gemacht, ab jetzt verhielten sich fast alle Hunde mir gegenüber wesentlich zutraulicher. Bis auf einen.«

MacNeils Stimme stockte, als er in die Erinnerung an jenen schicksalhaften Tag abglitt.

»Lass mich raten, um welchen es sich dabei gehandelt hat?«, hakte Amanda mit sanfter Stimme nach. »Kenai?«

MacNeil lachte.

»Kenai natürlich, wer sonst? Er hat mich so lange fixiert, bis ich mich zehn Meter von ihm entfernt hatte. Erst dann hat er das Fleisch gefressen. Aber mir ist von Beginn an klar gewesen, dass auf mich eine schwierige Aufgabe zukommt, was ihn betrifft. Daher hat mich sein anfängliches Misstrauen nicht besonders gestört.

Inzwischen brach die Dämmerung herein. Weil ich auf keinen Fall in der stinkenden Hütte schlafen wollte, suchte ich mir ein schönes Plätzchen am Rand der Lichtung. Das Gewehr hatte ich geladen und griffbereit neben mich gelegt, falls ein Bär oder ein Puma auftauchen sollte. Gefährlich konnten uns ungebetene Gäste nicht werden, da die Hunde ihre Ankunft rechtzeitig ankündigen und mich aufwecken würden.

Am nächsten Morgen habe ich die Fenster der Hütte sperrangelweit aufgerissen und mein neues Zuhause näher unter die Lupe genommen. Die Innenräume und das Mobiliar waren hoffnungslose Fälle. Ich schleppte den ganzen Krempel nach draußen, um ihn abzufackeln. Danach habe ich mich weiter mit den Hunden angefreundet. Manche wirkten, als könne ich sie vielleicht schon bald berühren. Kenai hatte weiterhin nur Drohungen und gefletschte Zähne für mich übrig.

Nach meiner zweiten Nacht im Schlafsack fuhr ich gleich nach dem Frühstück in die nächstgelegene Kleinstadt, um einen Dampfstrahlreiniger mit Verbrennungsmotor und Material zum Einzäunen der Lichtung zu erwerben. Ohne eine Begrenzung des Grundstücks wollte ich die Tiere nicht von der Kette lassen.

Zwar besaß ich bisher keine Möbel, aber ich hatte Wände und Boden gründlich gereinigt. Der Hochdruckreiniger bewirkte dabei wahre Wunder, und so verbrachte ich bald meine erste Nacht im Haus. Allmählich habe ich es renoviert, den Zaun aufgebaut und Möbel aus dem Katalog bestellt, die ich mir von einem Transportunternehmen in die Wildnis liefern ließ.

Doch zurück zum eigentlichen Thema: den Hunden. Alle waren unterernährt und hatten massive Hautprobleme. Zwei von ihnen waren so schwer krank, dass auch der Tierarzt nicht helfen konnte. Die übrigen habe ich mit gutem Futter und viel Zuwendung aufgepäppelt. Die betroffenen Hautstellen habe ich mit Salben gepflegt; und für das Fell habe ich Fischöl unters Futter gemischt. Die Verfilzungen und das tote Haar konnte ich leider nicht komplett ausbürsten, also musste ich die Malamuten teilweise wie Schafe scheren. Nach vier Wochen hatten sie mich akzeptiert und entwickelten ein immer stärkeres Vertrauen zu mir. Alle, bis auf einen …«

»Kenai?«

»Ja, genau. Seine Freundschaft zu erlangen, funktionierte innerhalb der Umzäunung überhaupt nicht, egal, wie viel Mühe ich investiert habe. Mir fiel nichts Besseres mehr ein, als zusammen mit ihm raus in den Wald zu gehen, in der Hoffnung, dass er nicht abhaut und dass er zu seinem Territorium und seinem Rudel zurückkehrt, falls er Streunen oder Jagen geht.

Zuerst habe ich mit Fleischstücken eine Spur, die kurz außerhalb der Reichweite, die er an der Kette hatte, anfing, ausgelegt. Sie führte bis zum Grundstückstor und gut zwanzig Meter darüber hinaus. Wieder auf dem Gelände habe ich das Tor geschlossen, ein Beil geholt und Kenai ein geräuchertes Schweineohr hingeworfen, mit dem er ein paar Minuten beschäftigt war. Ich nutzte die Ablenkung und schlich vorsichtig zu dem Pfosten, an dem die Kette befestigt war. Mit einem Schlag habe ich die Kette durchtrennt. Kenai schreckte bei dem Geräusch auf und starrte mich an. Ich legte die Arme an und blickte demonstrativ in eine andere Richtung. Es dauerte fast eine Minute, bis er sich ein wenig entspannte und weiterfraß. Die übrigen Hunde standen wedelnd in respektvollem Abstand rund um ihn herum.

Als er die Mahlzeit beendet hatte, ging er zu seinen Artgenossen. Sie haben sich voller Freude beschnüffelt, mit den Nasen angestupst, zum Spielen aufgefordert und sind miteinander herumgetollt. Unterdessen hielt ich die ganze Zeit still, um in keinem Fall die Aufmerksamkeit der Hunde zu erwecken.

Nachdem das Rudel wieder ruhiger geworden war, nahm Kenai die ausgelegte Futterspur auf und vertilgte einen Fleischbrocken nach dem anderen. Ich überholte ihn dabei in einem weiten Bogen, stellte mich an das Tor und legte die Hand auf die Klinke. Er hatte kaum den letzten Brocken, der sich innerhalb des Geländes befand, verputzt, da öffnete ich langsam das Tor und er schlüpfte durch den Spalt ins Freie. Während er die Kette, die noch an seinem Hals baumelte, durch die Öffnung nachschleifte, blockierte ich die nachdrängenden Malamuten mit meinen Beinen und dirigierte sie mit Handbewegungen wieder zurück auf das Gelände.

Dann folgte ich Kenai nach draußen und schloss das Tor hinter mir.

Bald hatte er alles Fleisch auf dem Boden gefressen. Nun wurde es riskant. Mit einem Stück Huhn in der Hand näherte ich mich ihm leicht seitlich versetzt, sodass ich ihm stets die Schulter zuwandte. Ohne Knurren ließ er mich bis auf einen halben Meter heran. Er machte Sitz und wandte mir den Rücken zu. Von dieser Geste des Vertrauens beflügelt, streckte ich den Arm aus und gab ihm das Fleisch aus der Hand. Er schnappte es blitzschnell, trug es einige Meter zur Sicherung der Beute weg und legte sich auf den Boden, um es zu fressen.

Dann sprang er auf und trottete los. Ich folgte ihm und lief zuerst eine Weile hinter ihm, bis ich aufschloss und neben ihm rannte. So sind wir zusammen eine ganze Weile durch den Wald gejoggt. Plötzlich brach er zur Seite aus und beschleunigte so stark, dass ich nicht mit ihm mithalten konnte. Innerhalb weniger Sekunden war er auf und davon.

Ich stiefelte zu meinem Haus zurück und hoffte, er würde bald wieder daheim aufkreuzen. Und tatsächlich: Am Abend meldete er sich mit lautem Wolfsgeheul vor dem Tor zurück und verlangte Einlass, den ich ihm glücklich gewährt habe.«

»Toll«, rief Amanda begeistert aus, die MacNeil nie zuvor so mit sich selbst und der Welt zufrieden gesehen hatte. »Und wann hast du dich entschlossen, die Hunde wieder für Rennen anzumelden?«

»Irgendwann wollte ich den Schuppen hinter dem Haus ausmisten. Hier hatte O'Donnell die Musher-Ausrüstung und seine beiden Schlitten gelagert. Einer der Schlitten hatte Kufen, der andere Räder für das Training in der schneefreien Zeit. Im Gegensatz zu seinem Haus war hier alles ordentlich und recht gut in Schuss. Die Hundepeitschen, die er verwendet hat, habe ich sofort vernichtet. Das andere Material wurde mir mit der Zeit immer vertrauter. Mithilfe der Lektüre von auf dem Postweg bestellten Büchern und Broschüren habe ich mir das Handwerk des Schlittenlenkens praktisch selbst beigebracht.

Wanda und Wilma waren mir dabei eine große Hilfe. Sie sind regelrecht verrückt danach, so oft und schnell wie möglich zu laufen. Deshalb waren sie die natürliche Wahl, als es darum ging, die Leithunde für ein Renngespann auszuwählen. Im Herbst konnte ich anfangen, ernsthaft zu trainieren. Kurz vor dem Ende des Winters waren wir so weit, dass wir bei einem kleineren Wettkampf mitmischen konnten. Dass wir mit großem Vorsprung gewonnen haben, hat mich selbst überrascht. Ich hatte vorher ja keine Vergleichsmöglichkeiten und keine Ahnung, wie gut meine Malamuten wirklich sind – nicht nur die schnellen Schwestern.

Das Zusammenleben mit dem Rudel funktionierte inzwischen traumhaft. Das Tor zum Grundstück blieb immer offen, da die Tiere nach einer Weile eine absolute Hoftreue entwickelt hatten. Außer meinem Freund

Kenai. Der besteht nämlich bis heute darauf, allein alle paar Tage einen Streifzug durch die Wildnis zu unternehmen. Er braucht einfach seine Freiheit. Wenn ich sie beschnitten hätte, wären wir nie so gut miteinander klargekommen, wie es heute der Fall ist. Für Wettkämpfe ist er übrigens völlig untauglich. Der Stress ist einfach zu viel für ihn. Er misstraut allen fremden Menschen. Sobald ihm jemand zu nahe kommt, attackiert er ihn, falls ich ihm nicht signalisiere, dass ich mich um die Situation kümmere.«

»Wie soll ich bei eurem Gequatsche einschlafen?«, maulte Olsen wie aus dem Nichts heraus. »Wie stellt ihr euch das vor?«

Amanda und MacNeil fuhren erschrocken zusammen. Gebannt vom Erzählen und Zuhören war ihnen entgangen, dass sich der Wissenschaftler zu ihnen gesellt hatte.

»Das wäre dann schon die ganze Geschichte«, sagte MacNeil zu Amanda und fügte hinzu: »Ja, ja, Olsen, wir sind jetzt still.«

***

Der zweite Tag der Reise verlief zunächst genauso unspektakulär wie der vorherige. Gegen Mittag braute sich erstmalig schlechteres Wetter zusammen. Die Farbe des Himmels wechselte von Blau zu Bleigrau. Ein zunehmend schneidender Wind zerrte an der Kleidung der Expeditionsteilnehmer. Aufgewirbelter Treibschnee flog ihnen in die Gesichter, vor denen der Atem angesichts rapide absinkender Temperatur in der Luft gefror. Über den Hundegespannen kondensierten die Ausdünstungen der Tiere zu Wolkenschleiern aus weißem Dunst.

Eiskristalle verkrusteten MacNeils Bart und überzogen seine Schutzbrille. Sogar als er sie absetzte, konnte er im Schneetreiben kaum noch die Hand vor den Augen sehen. Er ließ die Hunde anhalten und bedeutete Schumann mit einem Handzeichen, es ihm gleichzutun. Als die Schlitten nebeneinander zum Stehen kamen, sagte er: »Für heute reicht es. Wir müssen die Zelte aufbauen, bevor der Wind zu stark wird. Bei dem Schneetreiben kommen wir nicht mehr weit. Es ist zu gefährlich, weiterzufahren.«

Myers nickte zustimmend. »Ihr habt's gehört, Männer. Ran an die Arbeit!«

Die Soldaten verrichteten ihre Aufgabe schnell und präzise.

Die Geschwindigkeit der Sturmböen, die inzwischen über das lebensfeindliche Land peitschten, schätzte MacNeil auf knapp zweihundert Stundenkilometer.

Da er mit dem Abschirren des Rudels beschäftigt war, versuchten Amanda und Professor Olsen, ihr Zelt zu zweit zu errichten.

Sie breiteten die Plane aus, jeder der beiden hielt sie an einem gegenüberliegenden Ende fest. Der Wind verfing sich im Zeltstoff und bauschte ihn auf, wie ein Segel, das die beiden ein gutes Stück weit mit sich riss. Sie torkelten einige Schritte zur Seite, bis Olsen die Kraft ausging und ihm die knatternde Plane aus den Fingern rutschte. Mit einem lauten Knallgeräusch schlug die Stoffbahn gegen Amanda und fegte die Biologin von den Beinen. Sich mit ihrem ganzen Gewicht verbissen an das Zelt klammernd, verhinderte sie, dass der Sturmwind es auf Nimmerwiedersehen in das Schneegestöber davonwehte.

Das Zelt der Soldaten stand bereits. Myers und Schuhmann verankerten es im vereisten Untergrund, während Jones den beiden Wissenschaftlern zu Hilfe eilte. Gemeinsam gelang es ihnen, dem Sturm zu trotzen und das widerspenstige Zelt zu bändigen.

Nachdem MacNeil das Rudel aus den Geschirren gelöst hatte, legten sich die Hunde zusammengerollt auf den Boden, um ihre eigene Körperwärme bestmöglich zu nutzen und um den Böen nur einen geringen Luftwiderstand zu bieten. Um sie noch besser zu schützen, errichtete MacNeil den eigens für solche Situationen gedachten Unterschlupf für die Tiere, bei dem es sich um eine einzelne, langgestreckte Zeltplane ohne Boden handelte, die er mithilfe biegsamer Fiberglasstangen in die Form eines hüfthohen Tunnels brachte. Erst als er das Konstrukt mit extra langen Heringen fest verankert hatte und die Tiere darunter gekrochen waren, registrierte er, dass der Rest des Teams ihn bereits in den Zelten erwartete.

***

Kurz nach dem Aufwachen am nächsten Morgen war das Heulen des Sturms verklungen.

Gut, dass der Blizzard so rasch abgeflaut ist, dachte MacNeil, *so verlieren wir kaum Zeit und können sofort weiterfahren.* Er klopfte gegen die Zeltwand, die keinen Millimeter nachgab. Offensichtlich steckte die untere Zelthälfte in einer Schneewehe.

Der Musher schälte sich aus dem Schlafsack und taste die Plane von unten nach oben ab – der Schnee umschloss ihr Nachtlager fast bis zur Höhe seines Brustkorbs.

Verdammt, die Hunde, schoss es ihm durch den Kopf. Ohne sich komplett anzuziehen, öffnete er die Zeltklappe und drückte mit aller Gewalt gegen den trockenen Pulverschnee. Den größten Teil der weißen Barriere schob er schräg nach vorn weg, einen Teil schaufelte er nach hinten, wo er auf seine wachwerdenden Gefährten prasselte.

Amandas Protestrufe und Olsens Schimpfen stoisch ignorierend, setzte er seine hektische Tätigkeit fort, bis er eine Bresche nach draußen freigeräumt hatte.

Unter strahlendem Sonnenschein hüpfte ihm Kenai fröhlich zur Begrüßung entgegen. Die anderen Hunde balgten vergnügt miteinander im hohen Schnee. Eine Schneeverwehung bedeckte ihren Unterschlupf komplett, aber die schlauen Tiere hatten selbstständig einen Tunnel an die Oberfläche gebuddelt.

MacNeil seufzte erleichtert.

***

Am nächsten Morgen tauchten am Horizont die Kuppen des Gebirgszugs auf, der das Marie-Byrd-Land in der westlichen Antarktis beherrscht. Je näher das Team Whitney Peak kam, desto unwegsamer wurde der Untergrund. Die ebene Schneefläche, die sie bisher befahren hatten, wich harschem Eis. MacNeil stattete die Malamuten mit Booties – einer Art Sicherheitssocken für Hunde – aus, um Verletzungen durch den schorfigen, zerklüfteten Untergrund vorzubeugen. Immer häufiger ragten schwarze Felsspitzen aus dem Boden auf.

»Das Eis ist an dieser Stelle nicht sonderlich dick«, rief Olsen gegen den Wind an. »Und unter den Schneeverwehungen können scharfkantige Klippen, aber auch tiefe Klüf…« Er kam nicht weiter. Der Schlitten brach plötzlich nach links aus. MacNeil beobachtete, wie Schumann verzweifelt gegenzulenken versuchte. Die Malamuten schwenkten nach rechts, als witterten sie die drohende Gefahr. Der Schlitten sauste ein gutes Stück geradeaus weiter, wobei es aussah, als fahre er nur noch auf einer Kufe. Unter donnerndem Lärm brach eine Schneewehe ein, die einen Abgrund unter sich verborgen hatte.

Entsetzt beobachtete MacNeil, der bis zu diesem Moment noch die Hoffnung hegte, die Sache möge gut ausgehen, wie sich der Schlitten mehr und mehr neigte. Obwohl Olsen, Schumann und Amanda Blair ihr Gewicht auf die andere Seite verlagerten, war das Unheil nicht mehr aufzuhalten. Wie in Zeitlupe glitt der

Schlitten an den Hunden vorbei, deren Zugleine schlaff in der Luft baumelte. Die beiden Männer wurden abgeworfen und wirbelten Wolken von Pulverschnee auf, als sie zu Boden gingen.

Amanda Blair löste ihren Griff von der Verstrebung des Schlittens, ehe das vollbeladene Gefährt sie unter seiner Last begrub – zumindest sah es so aus.

MacNeil brachte das von ihm gelenkte Gespann in sicherer Entfernung zum Stehen. Er wollte es vermeiden, dem Spalt zu nahe zu kommen.

Noch ehe der Schlitten stillstand, sprang Myers ab, nun offenbar ganz im Gefechtsmodus. Mit einer Geschwindigkeit, die ihm MacNeil angesichts der steifen Polarkleidung niemals zugetraut hätte, rannte er zur Unglücksstelle. Er passierte die nervös bellenden Hunde und erreichte Nick Schumann, der den Sturz offenbar gut überstanden hatte und dem Colonel zu verstehen gab, dass dieser sich um die anderen kümmern solle.

MacNeil und Jones, die Myers folgten, sahen zwar Olsen, der bewegungslos am Boden lag, nicht aber Amanda, die sich unter dem Schlitten befinden musste.

Schumann gelang es, die Vierbeiner zu beruhigen. Während sich Myers und Jones um Olsen kümmerten, umrundete MacNeil den Schlitten, der auf den ersten Blick keinen größeren Schaden genommen zu haben schien.

Nach einem Lebenszeichen Amandas hielt er vergeblich Ausschau. Hatte sie es vielleicht nicht rechtzeitig geschafft, abzuspringen, und war unter dem Schlitten und der darauf festgezurrten Ausrüstung verschüttet worden? MacNeil hoffte, dass dem nicht so war. Und tatsächlich befand sie sich nicht darunter. Vorsichtig näherte er sich dem Abgrund, der dem Gespann um ein Haar zum Verhängnis geworden war.

Der Riss, der sich durch das schwarze Gestein zog, war an dieser Stelle gut drei Meter breit. Die Wände waren so glatt, als habe ein heißes Messer durch Butter geschnitten.

Bei dem, was MacNeil dann sah, stockte ihm der Atem.

KAPITEL 5

Ergriffen verschränkte Jekaterina Rachmaninowa die Hände hinter dem Rücken. Seit ihrer Kindheit hatte sie gewusst, dass ihr eine steile Parteikarriere in der KPdSU beschieden sein würde. Und nun war es so weit, dass ihr Traum wahr werden sollte.

Aus welchem Grund sonst hätte Genosse Batura die Politoffizierin aus der Provinz zu einem Termin in sein Hauptquartier einbestellen sollen?

Wahrscheinlich würde man sie mit einer wichtigen Geheimmission betreuen. Ihre Akte war tadellos, daran hegte sie keinen Zweifel. Sie grinste zufrieden. Die Idee, auf diese Weise geehrt zu werden, gefiel ihr ausnehmend gut.

Ihr Blick schweifte über den Roten Platz, streifte die Zwiebeltürme der Basilius-Kathedrale und blieb am Staatlichen Historischen Museum hängen. Nach dem

Besuch des Museums stand ein Spaziergang zum Kreml auf ihrem Programm. Zwar durfte niemand ohne triftigen Grund den Sitz des Ministerrats der UdSSR betreten, aber sie wollte den Ort, von dem aus die Geschicke von Millionen von Menschen bestimmt wurden, zumindest von außen bewundern.

***

Zur gleichen Zeit trafen sich in der Lubjanka, der Zentrale des Komitees für Staatssicherheit beim Ministerrat der UdSSR – kurz KGB – Wladimir Krjutschkow und Oleg Salenko zu einer Besprechung.

Krjutschkow gehörte zum Kreis der Führungsoffiziere für Schläfer und informelle Mitarbeiter in den Vereinigten Staaten von Amerika. Oberst Salenko zeichnete innerhalb der Roten Armee für die Planung und Durchführung verdeckter Auslandsoperationen zuständig.

»Also, wen haben Sie für mich?«, fragte Salenko.

Krjutschkow kramte in seiner Aktentasche. Der KGB-Mann fischte einige Fotos sowie ein schriftliches Dossier heraus.

Er überreichte seinem Gegenüber die Bilder. Das erste davon war in Farbe und zeigte eine circa dreißigjährige Frau in der Uniform einer Politoffizierin. Ihre halblangen, roten Haare hatte sie streng nach hinten gekämmt und zu einem Zopf gebunden, sodass ihre kantigen Gesichtszüge besonders stark zur Geltung kamen. Ihre

Mundwinkel hingen nach unten. Die Frau schien wenig Anlass zur Freude zu haben.

Bei den restlichen Aufnahmen handelte es sich um Schwarz-Weiß-Abzüge, auf denen dieselbe Frau in enger Sportkleidung beim Hammerwerfen und Kugelstoßen präsentiert wurde. Ihr Körperbau war auffallend muskulös und bullig, fast wie bei einem Mann.

»Jekaterina Rachmaninowa«, sagte Krjutschkow.

»Ein ziemliches Mannweib.« Salenko kicherte. »Von der möchte ich nicht in die Mangel genommen werden. Nimmt sie anabole Steroide?«

Krjutschkow überflog die Unterlagen flüchtig und tippte mit dem Finger auf ein Blatt, als er die entsprechende Information fand. »Ja, hier steht etwas darüber … Sie sieht darin ein geeignetes Mittel, ihren Körper für den Dienst an der Partei zu stählen.«

»So, so …«

»Das ist aber nicht weiter wichtig. Kommen wir erst mal zu den allgemeinen Daten. Sie ist zweiunddreißig Jahre alt und einen Meter achtzig groß.«

»Das allein macht sie für uns nicht interessant.« Salenkos schlitzförmige Augen, die ihn als Kirgisen auswiesen, verengten sich und wurden noch schmaler, als sie es von Natur aus bereits waren.

»Geduld, Geduld, Genosse. Es gibt genug Gründe für ihre Eignung. Sie werden schon sehen! Angefangen damit, dass sie sie jeden Befehl ausführt, ohne ihn zu hinterfragen. Laut den Kollegen der Inlandsabteilung des KGB, hat sie schon in der Schulzeit Klassenkameraden bei den Behörden denunziert, die ihrer Meinung nach aufrührerische Reden geschwungen haben. Sie ist hochmotiviert, absolut linientreu und zudem verschwiegen wie ein Grab. Bisweilen hat sie ihre eigene Wut nicht vernünftig unter Kontrolle. Die Kollateralschäden halten sich dabei zum Glück in erträglichen Grenzen. Ihr psychologisches Profil weist sie als rücksichtslose und ehrgeizige Person aus.«

»Bedeutet das, sie hat kein Problem damit, über Leichen zu gehen, falls es die Situation erfordert?«

»Genau«, bestätigte Krjutschkow.

»Sehr gut, Leute mit einer solchen Einstellung kann ich für dieses Einsatzkommando bestens gebrauchen.« Salenko lehnte sich zurück. »Wie sieht es mit ihrer Herkunft aus?«

»Rachmaninowa entstammt einer alten bürgerlichen Familie aus Waukawysk, einer unbedeutenden kleinen Stadt in Weißrussland«, antwortete Krjutschkow. »Die ganze Sippe zählte früher zu den fanatischsten Anhängern des Zarentums.«

»Bestimmt waren da elende Kosaken dabei …«, spekulierte Salenko.

»Sie haben recht, so ist es. Umso mehr möchte sie es vermeiden, auch nur den geringsten Verdacht zu erwecken, mit Ideen der Bourgeoisie zu sympathisieren. Jede Tätigkeit oder Aussage, die in diese Richtung interpretierbar wäre, meidet sie wie der Teufel das Weihwasser.

Sie hegt naive Träume davon, in der Parteihierarchie auf der Leiter ganz weit nach oben zu klettern. Um sich diesbezüglich zu empfehlen, bläut sie den Soldaten in dem von ihr betreuten Regiment bei der Erziehung zu sozialistischen Persönlichkeiten und bei der Vergegenwärtigung der Parteilinie von früh bis spät den gleichen Kadavergehorsam ein, den sie selbst an den Tag legt.«

»Kadaver ist ein gutes Stichwort«, sagte Salenko mit einem schmierigen Grinsen. »Falls ihre Mission in die Hose geht, und sie überleben sollte, können wir sie beseitigen, ohne einen besonderen Verlust zu beklagen. Naive Leute, die sich nicht hundertprozentig unter Kontrolle haben, können wir in wichtigen Positionen eh nicht gebrauchen … und schon gar keine Frauen.«

Die beiden hochrangigen Offiziere lachten dreckig.

***

Am nächsten Tag durchwanderte Jekaterina Rachmaninowa, kurz nach Sonnenaufgang, die langen, hohe Korridore des KGB-Hauptquartiers in Moskau. Das Gebäude wurde von einer fast körperlich greifbaren Aura der Macht erfüllt. Der steingewordene Geist des Sozialismus elektrisierte die Politoffizierin. An diesem Ort wurden weitreichende Entscheidungen getroffen, die das gesamte Sowjetvolk und seinen einheitlichen Willen unaufhaltsam formten und auf dem Weg hin zu einem vollendeten Kommunismus anleiteten. Und sie würde ihren Beitrag dazu leisten, dieses Ziel zu erreichen. Wahrscheinlich würde sie nach Erledigung des anstehenden Auftrags ihre Uniform mit einem Orden schmücken dürfen. Der Gedanke begeisterte sie.

Der Gefreite, der sie eskortierte, brachte sie zu einer mit reichen Intarsien versehenen Doppeltür am Ende eines Flurs im dritten Stock des Gebäudes. Ihr Begleiter öffnete einen der Türflügel und salutierte, als sie das Büro des KGB-Vorsitzenden Barys Wasiljewitsch Batura betrat, dem Gerüchten zufolge fast eine Million Mann unterstanden, auf die er sowohl bei Tag als auch bei Nacht zugreifen konnte.

Rachmaninowa musste zunächst eine Strecke von zwanzig Metern absolvieren, bevor sie am Gästestuhl vor dem Schreibtisch des KGB-Chefs ankam.

Die Abmessungen des weitschweifigen Büros hatten durchaus Sinn und Zweck. Kritiker rügten eine solche Bauweise hinter vorgehaltener Hand gern als unnützen Prunk. Tatsächlich diente sie dazu, jedem, der eine Audienz erhielt, die Gelegenheit zu geben, darüber nachzudenken, welche Macht und Entscheidungsgewalt ihm am anderen Ende des Tisches gegenübersaß.

Und das ist auch gut so, dachte die Politoffizierin. Beobachtet von einem strengen Blick aus den Augen eines überlebensgroßen Stalin-Portraits, das im Rücken des KGB-Leiters hing, nahm sie Platz. Rechts und links davon schmückten wesentlich kleinere Bilder von Lenin, einem der Väter der ruhmreichen Revolution, und

Nikita Chruschtschow, dem aktuellen starken Mann des Sowjetimperiums, die ansonsten kahle Wand.

Nachdem die Frau Platz genommen hatte, erlaubte ihr Batura, von seiner Position hinter dem Schreibtisch aus poliertem Teak-Holz mit einer Handbewegung zu sprechen.

Der Vorsitzende hatte das sechzigste Lebensjahr bereits deutlich überschritten. Man sah ihm an, dass er gern und oft gute und üppige Mahlzeiten genoss.

Jekaterina Rachmaninowa war irritiert.

Eigentlich hatte sie damit gerechnet, ohne große Umschweife Instruktionen für ihren Auftrag zu erhalten. Und nun sollte sie sich offenbar erst einmal vorstellen? Handelte es sich dabei um eine Art Test, der dem KGB-Chef Aufschluss über ihren Charakter und ihre Eignung geben sollte? Zu lange durfte sie die Antwort keinesfalls hinauszögern, also sagte sie: »Politoffizier Rachmaninowa. Auf Ihren Befehl habe ich mich unverzüglich hierher begeben. Ich werde meinen Dienst am Vaterland auf jedem Posten erfüllen, auf den Sie mich abkommandieren, pflichtgemäß erfüllen.«

Batura stand schwerfällig auf, umrundete den Schreibtisch und tätschelte ihr väterlich die Schulter. »Ihre Einstellung gefällt mir, Genossin. Das ist die Gesinnung, die wir hier schätzen.«

In Rachmaninowa machte sich Erleichterung breit. Wenn es ein Test gewesen sein sollte, hatte sie ihn scheinbar bestanden.

»Wissen Sie, ich sehe mir unsere Mitarbeiter gern persönlich an, die für außergewöhnliche Einsätze von herausragender Bedeutung ausgewählt wurden. Ich werde Sie nun in die Verantwortung der Genossen Salenko und Krjutschkow übergeben, von denen Sie eine genaue Einweisung für ihren Auftrag erhalten.«

»Es war mir eine Ehre …«, sagte Rachmaninowa demütig.

»Immer langsam, junge Frau, wir haben noch ein bisschen Zeit füreinander, ehe wir uns verabschieden. Bis dahin werde ich Sie persönlich zu den beiden begleiten.«

***

Batura dirigierte seinen Gast zu einem der Büros im zweiten Stockwerk, dabei sparte er nicht mit dick aufgetragenen Komplimenten.

Die Jalousien im Büro, in dem Salenko und Krjutschkow das ungleiche Duo empfingen, waren die ganz heruntergelassen. Durch die Lamellen fielen schmale Lichtbahnen in den Raum, in denen dicker Zigarrenqualm und Staubpartikel umherwirbelten.

Die beiden Offiziere standen neben einem Kartentisch in der Mitte des Zimmers und rauchten kubanische Zigarren von bester Qualität.

Nachdem Batura Rachmaninowa kurz vorgestellt hatte, wandte er sich zum Gehen. Auf dem Weg zur Tür kniff er ihr ohne Vorankündigung kräftig in den

Hintern. Pikiert verzog sie die Lippen zu einem dünnen Strich und errötete; sie hielt jedoch tapfer den Mund.

Der alte Bock hatte schon immer einen schlechten Weibergeschmack, sagte sich Salenko amüsiert. *Die Rachmaninowa hat Glück, dass seine wilden Jahre vorbei sind …*

Über dem Kartentisch hing tief eine alte Schirmlampe, die gerade ausreichend Licht für den näheren Umkreis spendete. Außerhalb dieses Kreises herrschte ein diffuses Zwielicht.

Jekaterina Rachmaninowa erkannte sofort, dass die vor den beiden Männern ausgebreitete Karte die Antarktis zeigte.

Überrascht sog sie hörbar die Luft ein.

Krjutschkow nestelte am Stehkragen seiner Uniformjacke. »Hier sehen Sie Ihr Einsatzgebiet. Die Operation findet in der Nähe des Südpols statt. Zu Ihrer Unterstützung erhalten Sie zwei kampferprobte Züge unter der Führung der Unteroffiziere Lukassow und Sorokin, zwei Spezialisten für verdeckte Einsätze. Beide sprechen ausgezeichnet Englisch …«

KAPITEL 6

Mark MacNeil erstarrte, als er die Gestalt erkannte, die in rund vier Metern Tiefe auf einem schmalen Felssims lag. Amanda Blair hatte verdammtes Glück gehabt, dass es an dieser Stelle einen Vorsprung gab. MacNeil hatte keine Ahnung, wie tief die Kluft reichte, aber er war sicher, dass ein tieferer Fall definitiv ihren Tod bedeutet hätte. Doch auch so konnte der Sturz schwerwiegende Verletzungen hervorgerufen haben – vielleicht sogar einen Genickbruch. Er hoffte inständig, dass sie überlebt hatte, obwohl sie sich nicht regte. Das war auch besser so, denn jede unbedachte Bewegung hätte zweifelsfrei einen weiteren Absturz zur Folge gehabt.

Der Hundeführer zuckte zusammen, als Myers neben ihn trat.

»Dem Professor geht's so weit gut«, berichtete der Colonel. »Er hat ein paar Schrammen und Quetschungen abbekommen, jedoch nichts, was ihm gefährlich werden könnte. Und warum stehen Sie hier und glotzen in diesen verdammten Abgrund? Helfen Sie uns lieber, Doktor Blair zu … ach, du Schei…« Er verstummte abrupt, als er den Ernst der Situation erfasste. »Jones, kommen Sie her … nein, warten Sie … bringen Sie ein Seil mit, aber verknoten Sie das Ende vorher so am Schlitten, dass es einen Menschen trägt … oder besser zwei … und dann setzten Sie sich zusammen mit Schumann auf das Ding, damit ich ein ordentliches Gegengewicht habe. MacNeil hat Doktor Blair gefunden. Sie ist offenbar besinnungslos. Ich werde sie rausholen.«

Obwohl MacNeil wenig für den Colonel übrighatte, bewunderte er ihn in diesem Moment um seine Eigenschaft, in schwierigen Situationen rasch eine Entscheidung zu treffen. Sicherlich hatte das im Gefecht das Leben des einen oder anderen Kameraden gerettet.

Meyers klinkte sich mit einem Karabinerhaken in das Seil ein und kletterte behände über den Rand des Abgrunds. MacNeil hielt unwillkürlich die Luft an. Mit einer Selbstverständlichkeit, als handele es sich um etwas Alltägliches, seilte sich Myers ab. Es dauerte nur kurz, bis er den Sims erreichte. Zuerst überprüfte er Amandas Puls, um festzustellen, ob sie überhaupt noch lebte. Mit erhobenen Daumen signalisierte er MacNeil, dass dem so war. Dann versuchte er, sie anzusprechen. Da die Biologin keine Reaktion zeigte, hob er sie sich kurzerhand auf die Schulter. Mit dieser Last trat er den Rückweg an und war dabei ebenso flink wie beim vorangegangenen Abstieg.

Als er über die Abbruchkante kletterte, nahm ihm MacNeil den schlaffen Körper der Wissenschaftlerin ab.

Olsen hatte währenddessen neben dem umgestürzten Schlitten mithilfe einer Wachstuchplane eine Art provisorischen Windfang hergerichtet. Der Hundeführer legte Amanda dahinter auf einer Isoliermatte ab und hüllte sie in eine Rettungsdecke, um ihre Körperwärme vor dem Abkühlen zu bewahren.

»Sie scheint sich nichts gebrochen zu haben, aber beim Sturz hat sie sich womöglich eine Gehirnerschütterung zugezogen«, sagte Myers mit belegter Stimme und sorgenvoller Miene. Er ging neben der Biologin in die Hocke, strich ihr das Haar zärtlich aus dem Gesicht und nahm ihre Hand.

Das darf nicht wahr sein, dachte MacNeil. *Der stocksteife, alte Knochen ist in Amanda verknallt. Merkt er nicht, dass er nicht den Hauch einer Chance bei ihr hat … und auch nie haben wird? Allein die Vorstellung ist grotesk, dass sie sich für ihn interessieren könnte. Was für ein Trottel.*

»Wir kampieren hier und setzen unsere Reise morgen fort«, ordnete Myers an. »Zelte aufbauen. Zack, zack. Doktor Blair darf auf keinen Fall auskühlen. Wenn sie sich erholt hat, können wir morgen weiter vorrücken.«

***

Gegen Abend schlug Amanda im Beisein MacNeils und Myers die Augenlider auf. Ihre Hände verkrallten sich, und ihr ganzer Körper zuckte, als durchlebe sie den tiefen Sturz einmal mehr, bei dem sie sich wie durch ein Wunder nur geringfügig verletzt hatte.

»Was … was ist geschehen?« Sie blickte mit weit aufgerissenen Augen erst MacNeil, dann Myers an. »Meine Güte, brummt mir der Schädel. Ich fühle mich wie gerädert.«

»Gott sei Dank sind Sie wieder bei uns, Ma'am!« Myers wirkte ehrlich erleichtert.

»Warum schauen Sie beide mich so seltsam an?«

»Sie sind in eine Felsspalte gestürzt und waren drei Stunden bewusstlos«, erklärte der Colonel.

»Wirklich? Daran kann ich mich gar nicht erinnern. Das Letzte, was ich weiß, ist, dass ich auf dem Schlitten hockte. Und jetzt bin ich hier.«

»Sie hätten sich ohne Weiteres das Genick brechen können.«

Amanda reckte in der Enge des Zeltes die Glieder und prüfte ihre Beweglichkeit. »Scheint alles in Ordnung zu sein. Mehr als eine leichte Gehirnerschütterung habe ich wohl nicht davongetragen. Ein paar Kopfschmerztabletten und morgen bin ich wieder auf dem Damm.«

***

Auch wenn der Vorfall gezeigt hatte, wie rasch die Mission zu scheitern vermochte, setzten die sechs am nächsten

Tag ihre Fahrt durch die unwirtliche Landschaft fort. Das Vorankommen gestaltete sich dank des Geschicks der Hunde und ihrer Lenker ohne nennenswerte Schwierigkeiten, bis das Team den Einschlagsort erreichte.

MacNeil hatte noch nie etwas Vergleichbares gesehen. Eis und Schnee waren beim Aufprall des Objekts aus dem Weltall in einem weiten Kreis aus dem Untergrund gesprengt worden, um anschließend ringsum niederzuregnen. Dabei hatte der Auswurf teilweise eine graue Färbung angenommen. Es war ein grotesker Anblick.

Ehrfürchtig versammelten sich die Expeditionsteilnehmer am Rand des Kraters, den das unbekannte Objekt aus dem Weltall in die Planetenoberfläche gestanzt hatte.

Jones pfiff anerkennend. »Meine Fresse. Das hat mächtig gerumst.«

»Da könnte glatt eine Atombombe explodiert sein«, fügte Schumann hinzu.

»Na ja, ganz so schlimm ist es nicht«, beruhigte Myers seine Leute. »Ich bin trotzdem froh, dass ich zum Zeitpunkt des Einschlags nicht in der Nähe war.«

»Wie sollen wir da bloß runterkommen?«, rätselte Olsen.

»Das lassen Sie mal ganz meine Sorge sein«, sagte Myers mit fester Stimme. »Die Kraterwand fällt halbwegs flach ab. Ich werde mich abseilen und dabei Ankerhaken anbringen, durch die wir ein Seil spannen, an dem alle Mitglieder des Trupps beim Runterklettern sicher Halt finden. Das funktioniert hundertprozentig.«

Olsen wirkte dennoch skeptisch.

Ohne Kommentare abzuwarten oder auf andere Weise Zeit zu verschwenden, begab sich Myers ans Werk. Schumann und Jones gingen ihm zur Hand und holten die passende Ausrüstung von den Schlitten.

Nachdem er sich sorgfältig abgesichert hatte, wagte sich der Colonel Schritt für Schritt auf dem aalglatten Untergrund in die Tiefe. In regelmäßigen Abständen war sein Hämmern zu vernehmen, wenn er Haken in das Eis klopfte.

Am Grunde des Kraters angelangt rief er: »Hier geht es nicht mehr weiter. Was immer da vom Himmel gefallen ist, ist unter einer dicken Schicht aus Schnee begraben. Wir müssen es mit dem Spaten ausgraben. Ich komme jetzt wieder hoch und bringe dann das Halteseil für die restliche Mannschaft an.«

Es dauerte eine Weile, bis der Colonel wieder auftauchte.

Nachdem er seine Ankündigung in die Tat umgesetzt hatte, folgten ihm die beiden GIs, MacNeil und zum Schluss Amanda in das Zentrum des Kraters. Der Kraterboden hatte eine Grundfläche von etwa fünfundzwanzig Quadratmetern. Olsen zog es vor, oben auf der geraden Fläche auszuharren.

»Für den haben wir hier eh keine Verwendung«, sagte Myers verächtlich. Die beiden GIs, MacNeil und Myers, versanken fast bis zu den Knien im lockeren Pulverschnee, den der Wind in die Vertiefung geweht hatte.

»Wir werden so vorgehen«, befahl der Colonel: »Zwei Mann schaufeln den Schnee auf die linke Seite und zwei Mann stampfen den Aushub dort fest. Doktor Blair, darf ich Sie bitten, wieder nach oben zu gehen? Sie würden uns hier nur im Weg stehen. Außerdem brauchen Sie weiterhin Erholung von Ihrem Sturz.«

Amanda wollte gerade zu einer saftigen Antwort ansetzen. Doch dann wurde ihr klar, dass der Colonel recht hatte. Hier unten gab es wenig Platz und mit dem Fortschreiten der Arbeit würde es kontinuierlich enger werden. Zu viele Personen im Krater wären ein Hindernis. Sie nickte und kletterte zum Professor. Schumann und Jones beförderten den Schnee mit Klappspaten zur Seite. Myers und MacNeil komprimierten ihn dort nach besten Kräften unter Zuhilfenahme von Füßen und Händen.

Ohne auf den Kraterboden zu stoßen, waren die Männer nach vier Stunden am Ende ihres Lateins. Wohin sollten die Unmengen von Schnee, die Jones und Schumann freischaufelten? Hier unten war nicht mehr genug Platz dafür.

Myers runzelte die Stirn.

MacNeil hatte den rettenden Einfall. »Ich gehe hoch zu den Hunden, befestige ein Seil an einer Zeltplane und lasse das Ding dann herab. Sie schaufeln den Schnee in die Plane und wir ziehen ihn aus dem Loch. Was meinen Sie?«

»Guter Vorschlag«, lobte der Colonel. »Für einen Zivilisten, meine ich.«

Der Hundeführer verdrehte die Augen und fing an, seinen Plan umzusetzen.

Als sie am Abend den Schnee über drei Meter tief ausgehoben hatten, mischten sich erste Gesteinstrümmer darunter. »Sieht nach einem Meteoriten aus«, sagte Myers. »Besser so, als eine von diesen Fliegenden Untertassen. Diese Theorie erschien mir von Anfang an unwahrscheinlich.«

»Das würde dann aber bedeuten, dass wir heimfahren können, oder?«, mutmaßte MacNeil. Die US-Regierung konnte doch unmöglich einen solchen Aufwand für einen gewöhnlichen Meteoriten vorgesehen haben?

Doch dann förderten die Soldaten verzogene Metallteile zutage. Die Legierung glich nichts, was irgendjemand von ihnen bisher kannte. Das Hereinbrechen der Dämmerung setzte der Arbeit ein vorzeitiges Ende. Trotz der Aufregung über den spektakulären Fund transportierte das Team die Bruchstücke aus Metall fast andächtig nach oben. Von der Existenz des mysteriösen Materials beunruhigt, taten alle in der Nacht kaum ein Auge zu.

Hatte Admiral Byrd doch recht?, grübelte Myers insgeheim.

***

Unausgeschlafen und gereizt tranken sie am nächsten Morgen nach dem Frühstück schweigend Kaffee.

Olsen sonderte sich einige Meter vom Rest der Gruppe ab und untersuchte die Metallteile methodisch.

Nach einer Weile übermannte die Neugier MacNeil und er trat von hinten an Olsen heran, der eines der mattgrauen Bruchstücke betastete. »Na Professor, haben Sie schon etwas herausgefunden?«

»Das Material ist mir ein Rätsel. Es könnte von einem russischen Satelliten stammen. Es ist leichter, gleichzeitig aber härter als unser Stahl. Ich bin nicht einmal sicher, ob es sich um ein Metall handelt oder ob Kohlenstoff oder Silizium die Basis bilden. Dazu müsste ich es im Labor untersuchen. Hier vor Ort fehlen mir leider die Möglichkeiten dazu. Vielleicht haben die Russen ein neues Verfahren zur Stahlproduktion entwickelt, und verwenden die dabei entstanden Produkte für ihr Satellitenprogramm. Ich habe mit dem Geigerzähler auf radioaktive Strahlung überprüft. Das Ergebnis war negativ.«

»Vielleicht erfahren wir mehr, wenn wir alle Trümmer nach oben geschafft haben«, sagte Myers, der die letzten Sätze mitgehört hatte. »Allzu tief kann der Rest nicht mehr im Schnee begraben sein. Ein natürliches Objekt fällt als Erklärung also mit ziemlicher Sicherheit aus?«

Olsen nickte.

»Gut, dann graben wir jetzt weiter!«

Nach zwei Stunden stießen die Männer auf festen Felsuntergrund. Das Objekt aus dem All hatte eine rundliche Bresche von anderthalb Metern Durchmesser in den Boden geschlagen.

Der Felsen war hier nicht besonders dick – höchstens zwei Meter. Direkt im Anschluss daran folgte eine dreißig Zentimeter starke Schicht des gleichen Metalls, von dem sie gestern mehrere Bruchstücke entdeckt hatten, die durch die Wucht des Einschlags durchlöchert worden war. Unter dem Schnee, der die Öffnung verstopfte, kam ein unterirdisches Bauwerk zum Vorschein. Die gestrigen Fundstücke stammten also weder von einem Sowjet-Satelliten noch von einem Ufo, sondern waren im Zuge des Einschlags aus der Ummantelung der unterirdischen Einrichtung herausgebrochen und nach oben geschleudert worden.

Als der Raum, in den das Loch führte, von Schnee und Schutt befreit war, stieg Myers auf Jones Schultern und lugte durch die Deckenöffnung nach oben. »Alle runterkommen. Auch Olsen.« Dann befestigte er einen Haken mit einem Seil am Rand der Öffnung im Felsboden, das ihnen künftig den Ein- und Ausstieg in den freigelegten Raum erleichtern würde. Umgeben von grauen Metallwänden war er komplett leer und wirkte, als habe er ursprünglich als Lager gedient. Zwei offene Türen gingen in verschiedene Richtungen ab.

Myers bedeutete den beiden Soldaten mit Handzeichen, einen Aufklärungsgang hinter die Ausgänge zu unternehmen.

Jones und Schumann schwärmten aus, um den Rest der Einrichtung auf die Anwesenheit anderer Menschen zu überprüfen.

»Negativ«, meldete Jones nach dem Rundgang.

»Gut«, sagte der Colonel. »Dann können wir uns ohne Gefahr aufteilen und dadurch Zeit und Energie bei der Erkundung der Räumlichkeiten sparen. Schätze, wir haben eine verlassene Experimentalstation der Russen vor uns. Vielleicht finden wir ansatzweise heraus, welchem genauen Zweck sie dient.«

Das Team stieß auf unverständliche Schalttafeln und quadratische Aggregate, die von großen Spulen gekrönt wurden. Handelte es sich dabei um moderne Funk- und Radaranlagen? Niemand konnte diese Frage zufriedenstellend beantworten. Besonders auffällig war die Beleuchtung. Die Quelle des gleichmäßigen, kalten Lichts blieb trotz aller Bemühungen unauffindbar.

***

Amanda, Olsen und MacNeil blickten staunend an die Decke des hohen Saals mit all seinen merkwürdigen Gerätschaften. Traversenähnliche Streben ragten aus den vier Ecken des Raums zu einer Kugel im Zentrum der Decke.

»Welchen Zweck mag dieses Objekt erfüllen? Seine matte Oberfläche erinnert an einen Fernsehbildschirm. Könnte dies eine moderner Apparat zur Bildwiedergabe sein?«, rätselte Olsen.

»Na, das lässt sich ja vielleicht herausfinden«, sagte MacNeil.

Er konnte seine Neugier nur unschwer zügeln. Als Bauunternehmer war er das Klettern auf Gerüsten gewohnt und so erklomm er selbstbewusst eine der Metallstreben, die ihn bis hin zur Kugel bringen würde. In der Zeit, in der er auf Großbaustellen unterwegs gewesen war, hatte er Schwindelfreiheit erworben, sodass ihm der Aufenthalt in größerer Höhe keine Probleme bereitete.

Er hatte fast die komplette Strecke bis zu seinem Ziel zurückgelegt, als Myers unbemerkt in den Raum schritt. »Runter!«, brüllte er in einem Tonfall, der von jahrelanger Kasernenhoferfahrung triefte, und der Amanda und Olsen zusammenzucken ließ. »Sofort!«

MacNeil schien Myers Ansage nicht zu kümmern. »Einen Moment noch. Ich will erst sehen, ob ich den Schalter finde, der dieses Ding aktiviert.«

Myers öffnete das Pistolenholster, zog die Waffe und schoss in die Luft. »Sind Sie taub? Sofort habe ich gesagt! Das war ein Befehl!«

Sichtlich ohne Eile hangelte sich der Hundeführer nach unten. Als er wieder auf dem Fußboden angelangt war, trat Myers auf ihn zu. Er blieb so dicht vor ihm stehen, dass dieser ihn deutlich verstehen konnte, obwohl er gefährlich leise sprach: »Ich will ehrlich zu Ihnen sein, MacNeil. Sie waren mir vom ersten Moment an suspekt und ich kann Sie bis heute nicht leiden. Von mir aus könnten Sie in Ihrer bescheuerten Hütte in Alaska verrotten, wenn wir Sie nicht für die Schlitten bräuchten. Ich darf mir nicht erlauben, Sie wegen Ihres Leichtsinns zu verlieren, auch wenn Sie ein Problem damit haben, Autorität anzuerkennen und jede Entscheidung sinnlos hinterfragen. Aber so funktioniert die Truppe nicht …«

»Ich weiß, Sie geben die Befehle und verlangen, dass diese ohne Zögern ausgeführt werden, aber …«, setzte MacNeil an.

Der Colonel unterbrach ihn. »Kein Aber! Als Zivilist unterstehen Sie leider nicht unmittelbar meinem militärischen Kommando. Solange ich diese Mission leite, werden Sie unseren Erfolg trotzdem nie wieder durch eigenmächtiges Verhalten in Gefahr bringen. Punkt und Ende der Diskussion.«

***

Kurz darauf bestellte Myers alle zu einer Besprechung ein. Das gesamte Team saß rund um einen T-förmigen Tisch in einem der unterirdischen Räume, der wirkte, als sei er zu diesem Zweck geschaffen. Die Stühle waren für menschliche Hinterteile eigentlich zu schmal und die Sitzfläche zu hoch. Besonders Olsens Füße baumelten ein gutes Stück über dem Boden in der Luft.

»Falls wir es hier mit einer Experimentalstation der Sowjets zu tun haben, sind sie uns technisch wesentlich weiter voraus, als wir es uns in unseren schlimmsten Albträumen ausmalen können«, erklärte Myers. »Erst haben sie einen Satelliten in die Erdumlaufbahn geschossen und nun das hier.« Er atmete tief durch. »Sollte es den

Kommunisten gelingen, die Macht in nur einem einzigen Land außerhalb des Ostblocks zu erringen, ist es um uns und unsere Freiheit geschehen. Wenn der erste Dominostein fällt, wird das eine weltweite Kettenreaktion auslösen.«

»Das behauptet die Theorie«, widersprach Olsen. »Logisch analysiert, erscheint mir das in der Praxis unrealistisch.«

»Was?«, fuhr Myers auf. »Diese Theorie ist unanfechtbar. Deshalb haben wir in Korea gekämpft. Deshalb haben viele meiner Kameraden ihr Leben im Dienst für unsere Nation gelassen.«

Der Professor senkte den Blick.

»Was bezwecken Sie mit dieser defätistischen Aussage überhaupt? Hegen Sie vielleicht Sympathien für den Kommunismus? Falls ja, werde ich es bemerken und Sie vor den Ausschuss für unamerikanische Umtriebe zerren. Die werden Ihnen richtig auf den Zahn fühlen.«

Olsen rang nervös seine Finger. »Ja, äh …«

»Sag besser nichts oder zumindest nichts Falsches«, flüstere ihm MacNeil zu. »Sonst bringst du dich bloß selbst in die Bredouille.«

»Ja, also … das war bloß eine dumme Idee, die mir gerade durch den Kopf ging.«

»Nun gut, für den Moment will ich es dabei bewenden lassen«, lenkte der Colonel ein. »Also was spricht dagegen, dass wir uns in einer sowjetischen Einrichtung befinden?«

»Nehmen Sie beispielsweise unsere Sitzgelegenheiten«, sagte Amanda. »Sie sind für Personen konzipiert, die größer und schlanker als wir sind. Oder die Technik hier. Das ist eine komplett andere Kategorie als der Sputnik-Satellit.«

Myers überlegte fast eine Minute. »Ma'am, das würde bedeuten, dass Admiral Byrd mit seinen Befürchtungen bezüglich der Ufos recht hat. Wir müssen sofort das Hauptquartier informieren.«

Als er aufstand, hielt ihn Amanda am Unterarm fest. »Warten Sie. Stellen Sie sich vor, welche Verdienste Sie für unser Land erringen können, wenn wir, ohne voreilig zu handeln, die Situation genauer sondieren. Dazu sind wir besser in der Lage als eine Kompanie GIs, die dann vermutlich bald hier eintreffen würde und eventuell unwiderruflichen Schaden anrichtet.«

»Hm, da ist was dran. Einen oder zwei Tage könnten wir uns Zeit für die Erforschung der Station nehmen.« *Außerdem sollte ich mit Fakten aufwarten können,* überlegte er. *Bevor das Ministerium und die Herren Generäle auf die Idee kommen, meine Gesundheit sei wieder angegriffen und ich könnte einer erneuten medizinischen Behandlung bedürfen. Nein, nein, das darf nie wieder passieren. Mich einmal in den Händen dieser Quacksalber einer solchen Prozedur unterziehen zu müssen, hat gereicht. Besonders auf ein Wiedersehen mit Doktor Chambers kann ich gern verzichten – egal, wie sehr er in seinem Fachgebiet als Koryphäe gilt.*

Als Myers scheinbar grundlos kicherte, wagte keiner, ihn nach dem Grund dafür zu fragen. Mit fester Stimme sagte er schließlich: »Wir fahren umgehend mit der weiteren Erkundung der Anlage fort.«

***

Olsen sollte derjenige sein, dem die spektakulärste Entdeckung gelang. In einem der Flure, der in einer Sackgasse endete, spürte er eine Gleittür mit zwei Flügeln auf, die dem Zugang zu einem Aufzug ähnelte. An dessen rechter Seite zeichnete sich auf Olsens Brusthöhe ein Bedienelement an der Wand ab, das die stilisierte Form einer langen, schlanken Hand nachempfand. An ihren Fingerspitzen prangten gelbe Sensoren. Er berührte sie mit seinen eigenen Fingerkuppen und tippte auf gut Glück mathematische Formeln ein. Es funktionierte, die Tür glitt zischend auf. Tatsächlich kam dahinter eine Liftkabine zum Vorschein, die mit einer zweiten Bedienvorrichtung ausgestattet war. Als der Professor die Kabine betreten und an dem Steuerelement herumhantiert hatte, geriet der Aufzug in Bewegung und sauste nach unten. Nach einer mehrminütigen Fahrt hielt er an. Sobald Olsen die Tür geöffnet hatte, traute er seinen Sinnen kaum. Vor ihm erstreckte sich freie Natur, gänzlich unbedeckt von Eis und Schnee. Die warme Luft, die zu ihm hereinströmte, raubte ihm fast den Atem. Verblüfft und erschrocken schloss er die Tür und fuhr nach oben, um seinen Fund bekanntzugeben.

KAPITEL 7

Während der von drei Reaktoren angetriebene Atomeisbrecher *Lenin* fast mit voller Fahrt durch die aufgewühlten Fluten des Atlantischen Ozeans Richtung Süden pflügte, wanderte Sergeij Lukassow durch die Gänge des Schiffs zu der Sektion mit den Laderäumen. Der Unteroffizier runzelte die Stirn über seinen buschigen Augenbrauen und wunderte sich, ob und wann Politoffizierin Rachmaninowa mit genaueren Informationen über den Einsatz herausrücken würde. Bisher hatte sie gegenüber den Zugführern nicht einmal den Zielort verlautbart.

Er durchquerte ein Schott, das zu einem der Laderäume führte. Der versammelte erste Zug, der seinem Kommando unterstand, saß dort an extra aufgebauten, langen Tischen. Die Männer zerlegten ihre Sturmgewehre in Einzelteile und bauten sie wieder zusammen. Das Reinigen der Waffen hatte neben der Überprüfung auf die Einsatztauglichkeit einen zweiten Vorteil. Die Ausführung dieser ritualisierten und tausendfach praktizierten Tätigkeit zeitigte einen beruhigenden Effekt auf die Nerven der Soldaten vor einem Einsatz. Sie waren ganz auf das Hier und Jetzt konzentriert und kamen gar nicht erst dazu, in Grübeleien zu verfallen oder sich gegenseitig im Gespräch mit Spekulationen nervös zu machen.

Lukassow redete seinen Untergebenen gut zu und klopfte ihnen aufmunternd auf die Schulter.

»Egal, womit wir konfrontiert werden, wir werden mit jedem Feind fertig!«, sagte er und fügte in Gedanken hinzu: *Dabei habe ich selbst keine Ahnung, was genau uns erwartet. Vielleicht kommt es ja auch gar nicht zum Gefecht.*

Einer der Männer hängte den Trageriemen der Waffe aus, hielt sie vor sich, drückte den hinteren Abzuggehäusebolzen von beiden Seiten und zog diesen seitlich bis zum Anschlag heraus. Dann legte er die Waffe auf den Tisch und schwenkte den Kolben inklusive Abzugsvorrichtung aus. Nachdem er den vorderen Bolzen entnommen hatte, entfernte er den Kolben inklusive Abzugsvorrichtung. Er presste die Ladegriffarretierung herunter und zog den Griff auf sich zu. Dann schraubte er den Verschlusskopf und löste den Griff vom Rest der Kalaschnikow. Mit sicherer Hand fischte der Soldat den Zündstift heraus.

Lukassow nickte ihm anerkennend zu und verließ den Raum anschließend nachdenklich durch das Schott. Über eine schmale Leiter gelangte er an Deck. Er trat an die Reling und betrachtete das graue Meer. Eine Schule Delfine begleitete den Eisbrecher, in der Hoffnung, nahrhafte Abfälle, die über Bord geworfen wurden, zu stibitzen. Gelegentlich sprang eines der Tiere hoch aus dem Wasser und tauchte in aufspritzender Gischt wieder in die Wellen ein.

Ich bin ja an Geheimniskrämerei durch unsere Vorgesetzten gewöhnt, aber Rachmaninowa übertreibt es damit für meinen Geschmack, setzte er seine Überlegungen fort. *Dabei wissen der Genosse Sorokin und ich längst, wohin die Reise geht. Weshalb sonst haben wir zwei Charkowtschanki an Bord, wenn wir nicht in die Antarktis fahren? Ein anderer Einsatzort ergibt für die beiden Schneemobile keinen Sinn.*

***

Arkadi Sorokin, der Führer des zweiten Zugs, der sich – genau wie Lukassows Einheit – neben seinem Befehlshaber aus neun weiteren Soldaten zusammensetzte, leistete seinen Männern in der Messe Gesellschaft. Im Gegensatz zu Lukassow neigte er nicht dazu, sich vor einem Einsatz den Kopf unnötig über die Durchführung zu zermartern. Er war damit zufrieden, irgendwo abgesetzt zu werden und dann sein Bestes für den Erfolg des Kommandos zu geben.

Jahrein, jahraus rasierte er sich jeden Morgen den Kopf kahl, bis auf seinen imposanten Schnurrbart, den er sorgfältig zurechtstutzte. Dann strich er sich mit einem feuchten Waschlappen über die frische Glatze und erledigte seine Pflicht. Alles andere war ihm gleichgültig, solange er in der dienstfreien Zeit mit seinen Männern, zu denen er ein ziemlich undistanziertes Verhältnis pflegte, ordentlich feiern konnte.

Man kann von der Rachmaninowa ja halten, was man will, dachte er. *Sie mag ja tausendprozentig linientreu sein, aber sie weiß, was Soldaten brauchen, um zu funktionieren.* Und damit meinte er die Erlaubnis, in der dienstfreien Zeit so viel Wodka zu trinken, wie es ihnen gefällt.

Sorokin prostete mit einem halbgefüllten Wasserglas seinen Kameraden zu und trank den klaren Schnaps in einem Schluck. Er brannte ihm in der Kehle, ehe er in seinem Magen das wohlig-warme Gefühl erzeugte, das er so sehr liebte.

Sorokin knallte das Glas scheppernd auf den Tisch und stimmte ein Lied an, bei dem alle Mann aus voller Brust mit grölten:

Leuchtend prangten ringsum Apfelblüten,
still vom Fluss zog Nebel noch ins Land.
Durch die Wiesen ging flink Katjuscha,
zu des Flusses steiler Uferwand.

Und es schwang ein Lied aus frohem Herzen
jubelnd, jauchzend sich empor zum Licht;
weil der Liebste ein Brieflein geschrieben,
das von Heimkehr und von Liebe spricht.

O du kleines Lied von Glück und Freude,
mit der Sonne Strahlen eile fort.
Bring dem Geliebten geschwind die Antwort
von Katjuscha einen Gruß.

Er soll an sein einfaches Mädchen denken
und hören, wie sie singt,
er soll die heimatliche Erde beschützen
und Katjuscha wird ihre Liebe bewahren.

Den Rest des Abends bis zum Zapfenstreich verbrachten die Soldaten in seliger Erinnerung an ihre Frauen zu Hause, mit dem Trinken von mehr und mehr Wodka und dem Schmettern zahlreicher Lieder.

***

Mit andauernder Fahrt der *Lenin* kühlte das Wetter ab, während sie vom Atlantischen Ozean in das Südliche Polarmeer manövrierte.

Der einhundertvierunddreißig Meter lange Atomeisbrecher *Lenin* verfügte über eine Besatzung von zweihundertdreiundvierzig Mann. Seine Reaktoren lieferten eine Leistung von vierundvierzigtausend PS, die ihn zu einer Höchstgeschwindigkeit von achtzehn Knoten befähigten.

Ihr Heimathafen war Murmansk und eigentlich handelte es sich bei ihm um ein ziviles Schiff, weshalb es für verdeckte militärische Operationen geradezu prädestiniert war.

An einem kalten Morgen bestellte Politoffizier Rachmaninowa die beiden Zugführer zu einer gemeinsamen Besprechung mit Pawel Ponomarew, dem Kapitän der *Lenin*, ein.

»Genossen, wie Sie sich wahrscheinlich schon denken konnten«, verkündete sie, »führt uns dieser Einsatz in die Antarktis. Durch einen Informanten des KGB haben wir erfahren, dass dort ein mysteriöses Objekt aus dem Weltraum einschlug. Die Amerikaner haben bereits eine Expedition zu dessen Erforschung entsandt.«

»Um was für ein Objekt ...« setzte Ponomarew zu einer Frage an.

Rachmaninowa gebot ihm durch das Heben der Hand, zu schweigen, bevor er den Satz ausformuliert hatte. »Ihren Vorsprung werden wir kaum einholen können. Aber wir werden es zumindest probieren. Sie sind mit Schlittenhunden zur Einschlagstelle unterwegs. Wir dagegen werden auf moderne Technik setzen, also haben wir trotz ihrer Vorlaufzeit eine Chance, das Wettrennen dank unserer hervorragenden Raupenfahrzeuge für uns zu entscheiden. Wenn wir zu spät kommen, um uns des Objekts als Erste zu bemächtigen, müssen wir es notfalls mit Waffengewalt in unseren Besitz bringen. So oder so werden wir und damit die Sowjetunion erfolgreich sein. Daran kann kein Zweifel bestehen, denn es ist unsere historische Mission, dem Kommunismus zu seinem weltweiten Sieg zu verhelfen und dem einheitlichen Willen des Sowjetvolks Geltung zu verschaffen.«

***

Knirschend stampfte die *Lenin* durch das vereiste Meer. Das gefrorene Salzwasser zerbarst vor ihrem Bug zu riesigen, gezackten Schollen, die der Schiffsrumpf seitlich verdrängte.

Als er den Eisbrecher so dicht wie möglich an das Schelfeis der Antarktis gesteuert hatte, stoppte Kapitän Pawel Ponomarew die Schiffsschrauben. Nun war es so weit, Fracht und Passagiere abzuladen, um danach weiter draußen auf dem offenen Ozean ihre Wiederkehr abzuwarten.

Vorher beförderte der Kran auf dem Vorschiff der *Lenin* die beiden je zwanzig Tonnen schweren Kettenfahrzeuge vom Typ Charkowtschanka auf das Eis.

Eigentlich waren diese Spezialfahrzeuge für wissenschaftliche Expeditionen in der Antarktis entwickelt worden, in deren Rahmen sie je sechs Forscher nebst Ausrüstung transportieren sollten. Die vier Meter hohen Kolosse hatten eine Länge von achteinhalb und eine Breite von dreieinhalb Metern, sowie eine Reichweite von eintausendfünfhundert Kilometern. Da bei diesem Einsatz keine Laborgeräte mitgeführt wurden, stand im Innenraum mehr Platz als gewöhnlich zur Verfügung. Dennoch mussten die Soldaten eng zusammenrücken, da auf jeden Charkowtschanka ein kompletter Zug mit zehn Mann entfiel. Im Schneemobil, das an der Spitze fuhr, kam mit Jekaterina Rachmaninowa zudem eine elfte Person hinzu. Die achtundzwanzig Quadratmeter der Kabinen-Innenfläche gliederten sich in verschiedene Abteilungen: einen Gemeinschaftsraum, die Funkerkabine, eine Bordküche, eine Toilette, den Trockenraum und die Ausstiegsschleuse am Heck. Die Soldaten hockten zusammengekauert am Boden des Gemeinschaftsraums. In die aufgrund der räumlichen Enge schon stickige Luft mischten sich die Dünste des schlecht isolierten Dieselantriebs, der über eine Bodenluke im Gemeinschaftsraum für Reparaturen und Wartung erreichbar war. Spätestens alle zwei Stunden musste bei laufender Fahrt durchgelüftet werden, da die Atmosphäre dann zum Schneiden dick geworden war und die Männer anfingen, nach Luft zu ringen.

An der Front des Fahrzeugs befand sich außer dem Fahrerhaus der Platz des Navigators mit einer Beobachtungskuppel für die Astronavigation. Rachmaninowa besetzte diesen exponierten Posten im an der Spitze fahrenden Schneemobil. Am Steuer saß Lukassow, der seine Grundausbildung bei einer Panzerdivision absolviert hatte und der dabei das sichere Manövrieren mit Kettenfahrzeugen in jeder Situation und jedem Gelände erlernt hatte.

Die Charkowtschanki walzten fast permanent mit ihrer Höchstgeschwindigkeit von dreißig Stundenkilometern dem Ziel entgegen. Pausen wurden nur eingelegt, sobald einer der fünfhundertdreißig PS starken V-12-Dieselmotoren zu überhitzen drohte. Die Position des Fahrers wurde turnusmäßig ausgewechselt, um Unfälle durch Übermüdung zu vermeiden.

Als das Gelände anstieg und zusehends unbefahrbarer wurde, übernahm Lukassow nach einem kurzen Erholungsschlaf von seinem zeitweiligen Vertreter wieder das Steuer des Führungsfahrzeugs. Im Schatten gewaltiger schwarzer Felskuppen, die kontrastreich aus dem ewigen Weiß der Umgebung ragten, kam er trotz aller Geschicklichkeit bald an den Punkt, an dem eine Weiterfahrt unmöglich wurde. Er bremste und stoppte das Schneemobil. »Von hier geht es nur zu Fuß weiter.«

Rachmaninowa nickte. »Wir sind fast an den Zielkoordinaten.« Sie erforschte die Gegend mit einem Feldstecher und entdeckte die beiden Schlitten und die Hunde. »Die Yankees waren schneller als wir. Da vorn sind zwar ihre Schlitten, aber es ist kein Mensch zu sehen.«

Als die Sowjets aus den Kettenfahrzeugen ausstiegen, kam rund ein Dutzend Hunde neugierig näher – jedoch nicht zu nahe.

Die Tiere schlichen mit gebührendem Respekt um die beiden Charkowtschanki herum. Etwas Vergleichbares war ihnen anscheinend zuvor nie begegnet. Besonders ins Auge stach ein riesiger Rüde, der sofort knurrte, sobald ihm jemand näher als zehn Schritte kam. Die anderen Hunde waren jedoch freundlich interessiert an den Neuankömmlingen und schienen darauf zu spekulieren, von ihnen ein paar überzählige Leckereien einheimsen zu können. Nach der Reise durch die schier endlose Einöde aus Eis und Schnee freuten sich die Soldaten, etwas Lebendiges zu sehen. Sie lachten und warfen den Tieren Stücke trockenen Brots zu, die von ihnen gierig gefressen wurden.

»Was soll diese hirnlose Verschwendung wertvoller Ressourcen«, brüllte Rachmaninowa mit einer schneidenden Stimme, die selbst Tote zum Leben erweckt hätte. »Hört sofort mit diesem Unfug auf.« Sie stemmte die Fäuste in die Hüften. »Lukassow, Sorokin, sorgen Sie auf der Stelle dafür, dass diese blöden Köter erschossen werden! Wird's bald oder muss ich ihnen Beine machen?«

Die beiden Unteroffiziere tauschten vielsagende Blicke.

KAPITEL 8

Von Olsens Entdeckung elektrisiert wollten alle das eisfreie, unterirdische Land selbst sehen. Deshalb begab sich das gesamte Team in den Aufzug, der ausreichend Raum für die gesamte Expedition bot.

Unten angekommen, stoppte der Aufzug und seine Tür glitt zischend zur Seite. Von draußen quoll helles Sonnenlicht und ein Schwall warmer, feuchter Luft in die Kabine. Eigenartige, den Mitgliedern des Teams unvertraute Farne verdeckten das Sichtfeld auf alles, was weiter als ein paar Dutzend Meter entfernt war.

Myers hielt Amanda und Olsen, die sofort ins Freie drängten, mit ausgebreiteten Armen zurück.

»Zuerst müssen wir die Sicherheit des Geländes prüfen. Was ist, wenn die Tür zugeht, während wir draußen sind, falls es auf der anderen Seite keinen Öffnungsmechanismus dafür gibt? Dann sind wir ganz schön angeschmiert. Also gehe ich allein raus und kläre die Lage.«

Die Waffe im Anschlag, den Blick in alle Richtungen schweifend, betrat der Colonel das unbekannte Territorium.

»Terra Incognita«, flüsterte Olsen andächtig. Er musste sich zusammenreißen, um seiner Neugier und seinem Forscherdrang nicht sofort nachzugeben. Unruhig verlagerte er das Körpergewicht von einem Fuß auf den anderen. »So etwas haben wir damals bei der Operation High Jump vergeblich gesucht.«

»Hier drüben links ist dasselbe Bedienfeld wie oben«, verkündete Myers zur Erleichterung aller. »Trotzdem, bleiben Sie, wo Sie sind.« Vorsichtig umrundete er die gewaltigen Farne. Da nirgendwo Gefahren lauerten, marschierte er schnurstracks zum Aufzug zurück. »Jetzt werde ich die Funktionsweise der Tür von außen testen. Sollte alles wie gewünscht klappen, können Sie zu mir kommen.« Er presste die Hand auf die Sensorfläche des Bedienelements und führte die Fingerbewegungen aus, die ihnen oben in der Station am Fuß des Whitney Peak den Zugang zum Aufzug erlaubt hatten. Die Schiebetür schloss und öffnete sich ganz wie gewünscht. Schweigend signalisierte der Colonel dem Team, ihm zu folgen und geleitete es an den Farnen vorbei auf eine weite, offene Ebene.

Amanda klatschte vor Begeisterung wie ein kleines Mädchen in die Hände.

MacNeil ließ die neue Welt stumm auf sich einwirken.

Olsen stammelte: »Das … das … ist unglaublich. Ein … ein Wunder.«

Nur die Soldaten verhielten sich ruhig und observierten die Umgebung, als könne jederzeit ein hinterhältiger Angriff über das Team hereinbrechen.

***

Vor der US-Expedition breitete sich eine Kulisse aus, die jeder der Teilnehmer bis zu diesem Augenblick als Hirngespinst abgetan hätte. Rechts und links wucherte ein prähistorischer Urwald. Vor ihnen erstreckte sich ein mit Büschen getüpfeltes Grasland in Form einer breiter werdenden Schneise, die in eine weite, offene Ebene mündete. Die Decke hing mehr als tausend Meter über den Köpfen des Teams. Sie bildete perfekt den natürlichen Himmel nach, inklusive einer künstlichen Sonne. Wolkengruppen schwebten in der Atmosphäre. Das Ende des gigantischen, unterirdischen Hohlraums wurde von diesigen Schleiern verborgen.

Amanda fand als Erstes die Sprache wieder. »Das alles darf es eigentlich nicht geben, und dennoch ist es real. Kann mich mal jemand zwicken, damit ich mir sicher sein kann, dass ich nicht träume?«

Olsen tat ihr den Gefallen – recht kräftig sogar.

»Autsch!« Sie verzog das Gesicht zu einer Grimasse. »Das war doch im übertragenen Sinn gemeint. Na gut, was soll's. Das hier ist eine einmalige Chance für die Wissenschaft. Wir müssen sie unbedingt nutzen. Lasst uns sofort losgehen und das Gebiet erforschen. Was meinst du als Kollege?«

»Ja, ähm, weiß nicht …« stammelte Olsen.

»Nein«, herrschte ihn Myers an. »Und auch für Sie, Frau Doktor, gilt: kein übereilter Aktionismus. Ich stimme einer Erkundung des Areals zwar zu, aber vorher fahren wir mit dem Aufzug an die Oberfläche, rüsten uns ordentlich aus und packen Proviant ein. Mir läuft der Schweiß jetzt schon in Strömen von der Stirn. Wie warm ist es hier unten eigentlich? Das sind echte Treibhaustemperaturen. Diesen Faktor müssen wir unbedingt bei unserer Planung mit einbeziehen.«

»Dreißig Grad Celsius«, meldete Jones prompt.

***

Das Team versammelte sich erneut vor der Aufzugtür im Inneren der Station. Bei den Schlitten hatten sie alles Nötige für einen mehrtägigen Aufenthalt in der mysteriösen Biosphäre in ihre Rucksäcke gepackt und Schnee auf den Karbidkochern geschmolzen, um den Wasservorrat in ihren Feldflaschen auf das Maximum aufzustocken. Alle Mitglieder erhielten eine spezielle Einmannpackung für Notfälle, deren Inhalt über die übliche Ausstattung der Army-Rationen hinausging. In den Schachteln waren unter anderem Hartkekse, abgepackte

Rindfleischstreifen, Schokolade, Desinfektionsmittel, Coffeintabletten, antibakterielle Tabletten für die Reinigung von Wasser, Verbandszeug und eine Schere zum Zurechtschneiden von Mullbinden.

MacNeil hatte die Hunde reichlich gefüttert und ihnen größere Batzen Fleisch für den nächsten Tag hingelegt. Denn Kenai gehörte nicht zu den Hunden, die sofort alle verfügbare Nahrung herunterschlingen. Stattdessen hob er immer einen Vorrat für später auf. Und der Leitrüde würde auch die anderen Vierbeiner zuverlässig davon abhalten, sich zu früh auf die Fleischreserve zu stürzen.

»Wir müssen spätestens in vier Tagen zurück sein. Länger kann ich die Malamuten ohne Futternachschub unmöglich allein lassen«, sagte der Hundeführer.

»Außerdem wird das Wetter bald schlechter. Wir dürfen also auch aus diesem Grund nicht später zur Basis aufbrechen«, ergänzte Myers, der darauf insistiert hatte, die Overalls, die sie in Little America verwendet hatten, mitzunehmen. Diese würden sie vor abkühlenden Temperaturen in der Nacht schützen und konnten dank ihres Schnitts bequem über den Uniformen als zweite Kleidungsschicht getragen werden. Auf die Schlafsäcke verzichtete das Team dafür – sehr zu Amandas Missfallen.

***

Zurück in der künstlichen Ökosphäre befahl Myers Jones, die Handfunkgeräte in seinem Gepäck zu testen, für den Fall, dass eine Trennung des Trupps in zwei Gruppen nötig werden sollte. Das erste Gerät erwies sich als defekt … der Rest ebenso.

»Merkwürdig«, grübelte Myers. »Wie kann so etwas passieren?«

»Beispielsweise durch einen elektromagnetischen Impuls, kurz EMP genannt«, erklärte Olsen. »Der bulgarische Wissenschaftler Christofv hat 1932 entdeckt, dass elektromagnetische Wellen Funkgeräte und Radaranlagen zerstören können. Eine äußere Einwirkung an den Geräten ist nicht ersichtlich.«

»Und was ist mit anderen elektrischen Geräten wie Taschenlampen?«, hakte Myers nach.

»Die können betroffen sein oder auch nicht.«

Myers nickte kurz in Richtung Schumann, der eine Taschenlampe aus seinem Rucksack holte und einschaltete.

Sie funktionierte einwandfrei.

»Gut«, konstatierte der Colonel kurz und bündig.

Nun untersuchten Olsen und Blair die Farne in unmittelbarer Nähe.

»Sieht mir ganz nach Vertretern der Familie Iridopteridales aus«, meinte Olsen. »Ihr Vorkommen datiert auf die Kreidezeit zurück.«

»Hm«, machte sich Myers bemerkbar. »Und was sagt uns das?«

»Diese Gewächse sind Vorläufer der heutigen Farne und sie gelten seit Millionen von Jahren als ausgestorben«, antwortete Amanda.

»Gab es damals nicht riesige, fleischfressende Dinosaurier?«

»Das stimmt.«

»Ich habe auf der Ebene einige Silhouetten gesehen, die durch die Prärie gestreunt sind. Genaueres konnte ich nicht identifizieren. Sie scheinen ziemlich groß zu sein … und wahrscheinlich sind sie verdammt gefährlich. Wir werden also in der Deckung der Bäume am Dschungelrand vorstoßen. So vermeiden wir es, wie auf dem Präsentierteller in unser Unglück zu rennen. Ich führe, Schumann bildet die Nachhut. Die Zivilisten bleiben zusammen mit Jones in der Mitte. Auf geht's Männer!«

»Männer …?« Amanda kicherte.

Myers lief knallrot an und stiefelte, die M16 im Anschlag, kommentarlos auf den Wald zu.

***

Die Gruppe marschierte zügig durch die vergleichsweise lichten Ausläufer des Dschungels, in denen der Boden weitgehend frei von Unterholz war. Seine tierischen Bewohner mieden jeden Kontakt zu den Eindringlingen. Von ihrer Anwesenheit zeugte lediglich wiederholtes Rascheln und Knacksen tiefer im Waldinneren. Im Schatten, außerhalb der direkten Bestrahlung durch die Kunstsonne, hielt sich die schwüle Hitze in einem erträglichen Rahmen.

»Die Sonne ist nicht stationär angebracht. Sie zieht ihre Bahn am Himmel«, stellte MacNeil fest.

»Was?«, fragte Jones. »Die Baumgipfel verdecken den Blick auf das Ding. Woher wollen sie das wissen?«

»Die Schatten der Pflanzen wandern. Das bedeutet, dass sich die Sonne bewegt.«

»Halt!«, rief Myers neben einem umgekippten Baumstumpf. »Zeit für eine Erholungspause. Jones und Schumann sichern die Gegend.«

»Gott sei Dank«, murmelte Olsen und nahm auf dem Stumpf Platz. »Ich bin völlig erschöpft.«

Myers grinste ihn verächtlich an und setzte sich neben Amanda.

»Wie lange sollen wir noch weitermarschieren?«, fragte Olsen.

»Bis es dunkel wird«, antwortete der Colonel.

Olsen ächzte.

MacNeil setzte sich dem Trio gegenüber im Schneidersitz auf die Erde. »Die Vegetation sieht fast genauso aus, wie zu Hause. Alles ist nur wesentlich größer.« Wie zur Bestätigung seiner Worte krabbelte ein handtellergroßer, schwarz-rot gestreifter Käfer, an dessen Vorderseite fingerlange Scheren prangten, an ihm vorbei über einen mit gelben und orangefarbenen Flechten besetzten Stein hinweg. »Dafür ist es viel stiller hier. Der Gesang von Vögeln fehlt komplett.«

»Ja«, stimmte Amanda zu. »Schachtelhalme, Mammutbäume, Birken, Buchen, Plantanen, Ahornbäume und Eichen gibt es bereits seit der Kreideperiode. Ihr Vorkommen ist also keineswegs verwunderlich. Das gleiche Prinzip gilt im negativen Sinn für das Fehlen von Vögeln, das wir hier beobachten. Die Evolution hatte sie damals noch nicht hervorgebracht. Spannender als die Flora dürfte die Fauna sein, die diese Epoche bevölkert hat und auf die wir hier unten treffen werden.«

***

Als die Dämmerung anbrach, richtete die Expedition ihr Nachtlager ein. Um für Überfälle in der Dunkelheit gewappnet zu sein, organisierte Myers eine Nachtwache in drei Schichten zu je zweieinhalb Stunden. Den Anfang würde Jones übernehmen, gefolgt von Schumann. Die letzte Wache fiel dem Colonel selbst zu. Als Vorkehrung gegen Insektenstiche trugen die Teammitglieder trotz der drückenden Wärme und der hohen Luftfeuchtigkeit die Overalls, die sie aus Militärbeständen erhalten hatten und die ihre Arme und Beine mit Stoff bedeckten. Ihre Rucksäcke benutzten sie als Kopfkissen.

Erstaunt bemerkte das Team, dass es vollständig dunkel wurde. Überall herrschte totale Finsternis, eine alles verhüllende Schwärze, die sie von Nächten auf der Erdoberfläche so nicht kannten.

Das Rumoren der Dschungeltiere verstummte und Stille kehrte ein. Die Umrisse der Bäume zeichneten sich im Schein von Schumanns Stablampe gespenstisch vor dem nächtlichen Hintergrund ab, während er den Nahbereich des umliegenden Urwalds inspizierte.

»Es gibt hier weder Sterne noch einen Mond, also ist es stockdunkel«, konstatierte Olsen. »Woher sollte Licht ohne eine vergleichbare Quelle kommen?«

»Die Erbauer der Ökosphäre haben für maschinell erzeugte Luftströme hier unten gesorgt. Und da tagsüber eine künstliche Sonne strahlt, hatten sie mit Sicherheit die technischen Mittel, um auch für die Nacht etwas Ähnliches in Form eines künstlichen Monds und künstlicher Sterne zu konstruieren«, gab Amanda zu bedenken. »Das völlige Fehlen von Licht, müsste gravierende Auswirkungen auf die Tierwelt haben. Die meisten nachtaktiven Jäger bekämen Probleme bei der Nahrungssuche.«

»Außer Troglobionten, also Höhlenbewohnern, die an eine Existenz in absoluter Dunkelheit angepasst sind«, meinte Olsen.

»Eine solche Anpassung erfolgt über eine längere Evolutionsspanne. Wie hätte man einen solchen Vorgang hier unten stimulieren können? Dazu fällt mir keine plausible Antwort ein. Wahrscheinlich gab es früher künstliche Sterne und einen Mond und sie sind inzwischen defekt. Das müsste dann zum Aussterben nachtaktiver Tiere – sei es Räuber oder ihre Beute – geführt haben. Deshalb ist es hier nachts so totenstill.«

»Na ja«, wandte MacNeil mit einem leicht spöttischen Unterton ein. »Bei uns zu Hause finden beispielsweise selbst erblindete Igel ihre Beutetiere wie Würmer und Insekten allein mit ihrem Geruchssinn und ihrem Gehör. Wir sollten uns also nicht vorschnell in Sicherheit wiegen.«

»Genau«, ergänzte Myers trocken.

***

Nach drei Wegstunden am nächsten Morgen wuchs die Luftfeuchtigkeit an. Der Boden wurde weicher und war bald von seichten Pfützen gesprenkelt. Beim Auftreten in den Morast verursachten die Mitglieder des US-Teams schmatzende Geräusche.

»Wir laufen direkt in einen Sumpf«, sagte Myers. »Schumann, gehen Sie auf den kleinen Hügel da drüben, auf dem ein einzelner Baum steht, und schauen Sie, ob das Gelände begehbar ist.«

Der GI tat wie ihm geheißen. Auf der Kuppe der rund drei Meter hohen Anhöhe kniff er die Augen zusammen und spähte in die Ferne. Plötzlich schnellte eine Schlange auf ihn zu, die ihren hinteren Teil um einen Ast des Baums gewickelt hatte. Schumann schreckte reflexartig zurück, geriet dabei aus dem Gleichgewicht und rollte den steilen Abhang hinab.

Als ihn die anderen aus dem Blickfeld verloren, sprinteten sie los und umrundeten den Hügel.

»Mist«, rief Schumann, der bis zur Hüfte in einem brackigen Sumpfloch steckte. »Allein komme ich hier nicht raus.« Sein Sturmgewehr versank gerade neben ihm. Offensichtlich in der Hoffnung, durch eine Reduktion seines Gewichts weniger schnell verschluckt zu werden, streifte der Private seinen Rucksack ab und legte ihn zur Seite.

Gedankenschnell stellte Myers sein eigenes Gepäck ab, holte eine Seilrolle heraus und robbte bäuchlings auf seinen Untergebenen zu. Er warf Schumann das Ende des Seils zu und fing an, rückwärtszukriechen, um den Private herauszuziehen.

»Was ist das für ein Summen in der Luft?«, fragte MacNeil. »Hört ihr es auch?«

Bevor jemand antworten konnte, tauchte ein Schwarm Libellen auf. Die Insekten waren riesig – ihre Spannweite hatte die Länge des Unterarms eines ausgewachsenen Manns und ihr Rumpf die eines menschlichen Beins. Ihre Flügel schillerten metallisch glänzend in Grün und Blau. Der Pulk umschwirrte Schumanns Oberkörper.

Das ist ja fast wie im Film Die Vögel *von Hitchcock,* dachte Amanda beklommen.

Und schon attackierten die obszön großen Fluginsekten den im Sumpf feststeckenden Soldaten. Die erste Libelle riss ihm mit ihren messerscharfen Beißwerkzeugen die Nasenspitze ab, die zweite das linke Ohr. Schumann, der aus immer neuen Wunden blutete, versuchte, die Angreifer mit Faustschlägen abzuwehren.

»Arme anlegen! Ich brauche ein freies Schussfeld!«, brüllte Jones und holte die fliegenden Monstrositäten mit platzierten Einzelschüssen aus dem Sturmgewehr der Reihe nach aus der Luft.

Unterdessen zog Myers Schumann weiter aus dem nach Methan stinkenden Matsch. Kurz bevor er gerettet war, zerschmetterte ein Projektil aus Jones Waffe das letzte Insekt.

Myers rollte den gequält stöhnenden Schumann auf die Seite. Aus einer klaffenden Wunde an seinem Hals spritzte ein dicker Blutstrahl.

Olsen wandte sich ab und beugte den Oberkörper vor, dabei stützte er die Hände auf seine Oberschenkel. Im Gesicht aschfahl angelaufen plusterte er die Backen auf und würgte. Dann öffnete er den Mund und erbrach sich.

Amanda ging neben dem Schwerverletzten in die Hocke, um Erste Hilfe zu leisten und die Blutung zu stillen. Mit flinken Fingern fischte sie den Erste-Hilfe-Kasten aus ihrem Rucksack und entnahm daraus steril verpacktes Material zum Anlegen eines Verbands, Desinfektionsspray und das Klammergerät. Währenddessen wies sie Myers an, Schumanns Oberkörper und insbesondere seinen Kopf hochzulagern. Nachdem sie das klaffende Loch im Hals eingesprüht hatte, setzte sie das Klammergerät an und verschloss die Wunde zügig.

Aus Schumanns Mund schäumten Blutblasen, seine schwachen Bewegungen erlahmten vollständig und er schloss die Augenlider.

Als Amanda den Verband um den Hals angelegt hatte, fühlte sie den Puls des Verletzten. Er war kaum wahrnehmbar, aber Schumanns Herz schlug noch.

»Was können wir jetzt für ihn tun?«, fragte Myers.

»Nicht viel«, erwiderte Amanda. »Beten, dass er sich stabilisiert. Außerdem injiziere ich ihm ein Mittel zur Förderung der Blutgerinnung.« Sie stockte kurz, ehe sie mit gepresster Stimme fortfuhr: »Die Bestien haben seine Halsschlagader erwischt. Vielleicht war der Blutverlust bereits zu stark.«

Unglücklicherweise erfüllte sich ihre Prophezeiung – nach wenigen Minuten setzte Schumanns Atmung endgültig aus. Seine überlebenden Gefährten standen stumm und resigniert im Kreis um seine Leiche.

Myers erhob als Erster das Wort: »Er hatte es nicht verdient, so zu sterben … niemand hat es verdient, so zu sterben … ganz besonders nicht ein Mann wie Schumann, der sein Leben in den Dienst unserer Nation gestellt und es am Ende für sie geopfert hat. Alles, was uns bleibt, um unserer Anerkennung für ihn Ausdruck zu verleihen, ist ein würdiges Begräbnis.« Er sah sich um.

»Da drüben ist ein schöner Platz für seine letzte Ruhe. Jones, sie heben das Grab aus.«

Während der Private den Befehl mithilfe eines Klappspatens ausführte, murmelte der Colonel leise vor sich hin: »Mit seinem Rucksack sind auch alle Taschenlampen unwiederbringlich im Sumpf verschwunden. Na ja, wir werden nachts auch ohne sie zurechtkommen.« Laut sagte er: »Alle Mann sammeln größere Steine.«

»Wieso?«, fragte MacNeil.

»Muss ich Ihnen denn alles erklären? Für das Grab unseres Kameraden natürlich.«

MacNeil lief rot im Gesicht an und befolgte die Anweisung.

***

Blair, Olsen und MacNeil standen mit verschränkten Händen und gesenkten Häuptern rechts und links des Grabs, als Myers und Jones die Leiche ihres Kameraden sanft in die Grube betteten.

Myers zog die Pistole und das Bowiemesser des Toten aus dem Holster beziehungsweise der Scheide. Er faltete Jones Arme vor der Brust und legte die Pistole unter seine Hände. »Ein Krieger sollte stets mit seiner Waffe beigesetzt werden. Das gebietet seine Ehre.«

Die Waffe können wir vielleicht noch gebrauchen, dachte Olsen und wollte gegen dieses seiner Meinung nach archaische Ritual protestieren.

Amanda ahnte, was er vorhatte, umfasste seinen Unterarm und hielt den Zeigefinger vor ihre Lippen.

Als der Colonel aus der Grube gestiegen war, nickte er Jones zu, der daraufhin zunächst die ausgehobene Erde in das Grab schaufelte und dann die Steine darüber aufschichtete. Myers verkeilte das Messer am Kopfende des länglichen Steinhaufens, woraufhin es fast wie ein kleines Kreuz wirkte.

»Wir geben unseren treuen Kameraden in Gottes Hände«, sagte Myers mit feierlicher Stimme. »In seinen Taten wird er unvergessen in uns allen weiterleben. Dank seines Opfers werden wir unsere Mission mit einem grandiosen Erfolg abschließen. Ich werde ihn für die posthume Verleihung des Silver Stars vorschlagen. Jeder möge nun ein stilles Gebet für ihn sprechen.«

Als alle ihre Fassung halbwegs zurückgewonnen hatte, verkündete Myers: »Wir werden diesen verfluchten Sumpf weiträumig umgehen, bis wir wieder an den Dschungelrand kommen. Sachen packen und dann Abmarsch.«

KAPITEL 9

Den Umweg vertrieben sich MacNeil, Amanda und Olsen mit einer Diskussion über Funktion und Sinn der Ökosphäre.

»Neben ihrem Zweck beschäftigt mich vor allem ihr Alter und die Frage, ob die Erbauer ihr bis heute gelegentlich einen Besuch abstatten?«, sagte Olsen.

»Ich glaube, sie waren schon sehr lange nicht mehr hier – vielleicht seit Jahrtausenden oder sogar seit Millionen von Jahren«, meinte Amanda. »Sonst wären wir auf aktuelle Spuren von ihnen gestoßen.«

»Das würde bedeuteten, die Angst von Admiral Byrd vor einem Ufo-Angriff wäre grundlos«, schlussfolgerte Myers.

»Davon ist auszugehen«, pflichtete ihm Amanda bei. »Die Ökosphäre könnte alle möglichen Funktionen erfüllt haben. Vielleicht diente sie als Zoo mit exotischen

Tieren oder als Naturschutzgebiet, um vom Aussterben bedrohte Arten zu retten.«

MacNeils Überlegungen zu dem Thema waren eher pragmatischer Natur. »Oder die Erbauer haben das Habitat als Ferienressort genutzt. Mit der Möglichkeit zur Jagd auf gewaltige Trophäen. Eventuell fanden von hier aus über versteckte Kameras Liveübertragungen dieses Spektakels zur Heimatwelt der Besucher statt.«

»Das alles könnte zutreffen«, sagte Olsen. »Herausfinden werden wir es vermutlich nie. In jedem Fall müssen uns die Außerirdischen wissenschaftlich um Lichtjahre voraus gewesen sein.«

»Dann haben wir ja Glück gehabt, dass sie heutzutage die Erde meiden, sonst würden wir vielleicht wie Affen in einem Zoo enden.« Amanda grinste schal.

Auch die zweite Nacht in der vergessenen Welt verstrich ohne besondere Ereignisse. Müde und erschöpft beschloss das Team vor dem Zubettgehen, am nächsten Morgen direkt nach dem Frühstück das weitere Vorgehen zu besprechen.

***

Als alle satt waren, trank MacNeil einen Schluck Kaffee und eröffnete das Gespräch: »Wir müssen unbedingt zurück. Länger als vier Tage kann ich die Hunde unmöglich allein lassen.«

Myers nickte.

»Da ist was dran. Was aber noch wichtiger ist: Wir müssen umgehend das Hauptquartier verständigen. Das haben wir schon viel zu lange auf die lange Bank geschoben.«

»Damit sollten wir weiter warten«, wandte Olsen ein. »Sobald hier eine schießwütige Army-Horde einfällt, werden etliche der Wunder rings um uns mit Sicherheit unwiederbringlich zerstört.«

»Jetzt hören Sie gefälligst auf, solche unamerikanischen Reden zu schwingen«, schnauzte ihn Myers an. »Hätten unsere Gründungsväter so gedacht, wäre Amerika bis heute ein primitives Land.«

Olsen zuckte eingeschüchtert mit der Schulter.

»Als Erstes brauchen wir eine vernünftige Aufklärung«, fuhr der Colonel fort. »Jones, Sie kraxeln auf einen Baum und melden uns danach, was sie auf der Ebene vor uns beobachtet haben.«

»Ja, Sir«, antwortete der Angesprochene, salutierte kurz und befolgte den Befehl.

Zehn Minuten später wieder bei der Gruppe berichtete er: »Das Grasland erstreckt sich mindestens zehn Kilometer weit. Etwa auf der Hälfte des Terrains wird es von einem breiten Fluss durchschnitten. Tiere oder sonstige Gefahrenquellen sind Fehlanzeige. Weiter hinten folgt auf das Gras felsiges Gelände.«

»Die Entnahme einer Wasserprobe würde uns einen wichtigen Erkenntnisgewinn bringen«, sagte Amanda.

»Der wäre auch für die Army von Vorteil, wenn sie hier eintrifft.«

»Hm.« Myers runzelte die Stirn. »Nun gut. Dann teilen wir uns auf. MacNeil geht zum Schlitten, verständigt das Hauptquartier und versorgt die Hunde. Er kennt es, allein in der Wildnis zu sein, deshalb traue ich ihm diese Mission zu. Zuerst begleitet er uns ein Stück, bis wir erkundet haben, ob der Rückweg über das offene Gelände eine Option für einen schnelleren Rückweg darstellt. Je nach Lage marschiert er dann über die Ebene oder er nimmt wieder den Weg durch den Dschungel. Der Rest von uns stößt zum Fluss vor. Nach der Untersuchung des Wassers kehren wir ebenfalls um. So verschwenden wir nur eine akzeptable Zeitspanne für die Meldung beim Hauptquartier und Doktor Blair hat ebenfalls ihren Willen.«

Alle stimmten zu. Das Team verließ die Deckung der Bäume und brach in Richtung Fluss auf.

***

»Was ist das? Merkt ihr es auch?«, fragte MacNeil unvermittelt, als er an seinen Fußsohlen eine sanfte, kaum wahrnehmbare Bodenvibration spürte.

Die anderen mit Ausnahme Amandas schüttelten die Köpfe.

Die Biologin ging in die Hocke und presste die flache Hand aufs Gras. »Ja, mit der Hand ist es deutlicher fühlbar. Irgendwas verursacht eine Erschütterung. Was das wohl sein mag?«

»Wenn wir es mit einem Erdbeben zu tun kriegen, sind wir im Arsch«, unkte Jones. »Zumindest bei einem starken. Dann werden wir hier unten zerquetscht, wie Ameisen unter einem Stiefel.«

»Glaube ich nicht«, widersprach Olsen. »Die künstliche Biosphäre ist so alt, dass sie zahlreiche Beben und tektonische Verschiebungen der Erdkruste verkraftet haben muss. Vielleicht findet draußen gerade ein Beben statt und die Vibrationen sind alles, was bis hierher vordringt.«

Plötzlich ertönten leise Stampfgeräusche. Ebenso wie die Erschütterungen wuchs ihre Intensität erst langsam und dann exponentiell.

»Da«, rief MacNeil und deutete auf den Waldausläufer rechts vor der Gruppe.

Hinter dem letzten Mammutbaum kam in knapp zehn Metern Höhe ein keilförmiger Saurierkopf zum Vorschein, der in einen langen Hals überging, dessen Umfang ungefähr dem des relativ kleinen Schädels entsprach. Der Hals mündete in den massigen, plumpen Rumpf einer Echse, die auf vier Säulenbeinen bedächtig auf die Grasebene schritt. An ihrem Hinterteil schwang ein Schwanz, dessen Dicke ungefähr dem des Halses entsprach. Zur Spitze hin verjüngte er sich.

Mit offenen Mündern bestaunte das Team den urzeitlichen Giganten.

Amanda Blair fand zuerst die Sprache wieder. »Das ist ein Sauropode. Zu dieser Kategorie von Vierbeinern gehören die größten Lebewesen, die es je auf der Erde gab. Die Knochenplatten auf dem gewölbten Rücken verraten uns, dass wir es mit einem Saltasaurus zu tun haben.«

»Mit einem ist gut«, entgegnete MacNeil. »Dort vorn kommen schon die nächsten beiden hinter den Bäumen hervor.«

»Sind die gefährlich?«, fragte Jones.

»Ihre Ernährung besteht ausschließlich aus Pflanzen«, erläuterte Amanda. »Sie trampeln uns bestenfalls tot, falls wir unvorsichtigerweise ihren Weg kreuzen. Zum Glück ziehen sie in eine andere Richtung.«

Inzwischen hatte sich die gesamte Herde, die zehn Tiere zählte, auf die Ebene geschoben.

»Vermutlich wandern sie zum Fluss, um ihren täglichen Flüssigkeitsbedarf zu stillen«, dozierte Amanda und fügte begeistert hinzu: »Die Knochenplatten sehen ganz anderes aus, als die meisten Paläontologen bisher glauben. Manche davon gleichen eher Stacheln als Platten. Das dürfte die Schutzwirkung vor Beutegreifern zusätzlich verbessern.«

»Runter!«, brüllte Meyers und hechtete bäuchlings aufs Gras.

Als es ihm die anderen gleichgetan hatten, flüsterte er: »Wir kriegen Besuch.«

Am Horizont bildete eine Gruppe aus verhalten näher kommenden Schemen einen scharfen Kontrast zum

Blau des Himmels. Geduckt pirschten sechs zweibeinige Raubsaurier an die Pflanzenfresserherde heran. Als einer der vorbeiziehenden Saltasaurier in größere Entfernung zu seinen Artgenossen geriet, preschten die Jäger blitzartig vor und drangen in die Lücke zwischen dem vereinzelten Tier und dem Rest der Herde ein.

Zwei der Beutegreifer, die Amanda Blair als Angehörige der Gattung Carnotaurus identifizierte, hetzten das Einzeltier, die anderen schirmten es gegen den restlichen Pulk der Saltasaurier ab. Obwohl die beiden Räuber ihre anvisierte Beute mit Leichtigkeit hätten einholen können, legten sie es darauf an, diese zunächst zu ermüden, um so deren Kräfte für die Verteidigung zu schwächen. Ihre Körperlänge betrug etwa sieben Meter. Die Schädel waren für Saurierverhältnisse kurz und gedrungen, über den Augen ragten zwei spitze Hornwülste auf, die Erinnerungen an die Hörner eines Stiers heraufbeschworen.

»Daher hat er seinen Namen. Taurus ist Latein und heißt Stier«, erklärte Amanda. »Sie wiegen gut eine Tonne. Und sie sind wahrscheinlich Sichtjäger, die auf Bewegungsreize reagieren. Also haltet die Köpfe unten und bewegt euch nicht.«

Plötzlich beschleunigte der rechte Carnotaurus rasant und setzte zum Überholen an. Der Saltasaurus schwang zur Abwehr den Schwanz, doch der Jäger entging mit einem gewaltigen Satz dem niedrig ausgeführten Hieb. Mit seinem eigenen Schwanz balancierte der Jäger den abrupten Richtungswechsel geschickt aus.

Nun schloss der zweite Carnotaurus auf. Er hatte weniger Glück. Der Schwanz des Sauropoden erwischte den Beutegreifer an der Brust, in Höhe seiner Stummelarme. Die Wucht des Treffers schmetterte ihn zur Seite, wo er mit einem lauten Klatschen auf den Boden krachte und sich mehrmals überschlug. Dabei riss er Büsche und große Grasstücke mitsamt der Erde an ihren Wurzeln aus dem Untergrund, die in hohem Bogen in die Luft geschleudert wurden.

Wow, dachte MacNeil.

Der auf den Beinen verbliebene Artgenosse des Jägers schnappte vor lauter Gier nach dem Rücken des Saltasaurus, bekam diesen wegen der schützenden Knochenplatten jedoch nicht zu fassen. Dann zog er das Tempo stärker an, bis er fast parallel zur Schnauze seiner Beute rannte. Er schnellte in die Höhe und verbiss sich im Hals des Pflanzenfressers. Der wollte sich durch Schütteln des Halses seines Peinigers entledigen.

Seine Mühe war vergeblich. Der Carnotaurus presste seine Kiefer wie eine Schraubzwinge zusammen, brachte ihn zu Fall und brach ihm mit einem kräftigen Biss das Genick.

Während er mit seiner blutigen Mahlzeit begann, eilten die anderen Raubsaurier zum Ort des Geschehens und rissen ebenfalls große Fleischbrocken aus der Beute. Mit leichter Verspätung und auf dem linken Bein hinkend, traf der Carnotaurus ein, den der flüchtende Sauropode mit einem Schwanzhieb gefällt hatte.

»Sie sind jetzt voll auf das Fressen konzentriert«, sagte Amanda. »Wir sind so lange außer Gefahr.«

Myers stand auf.

»Gut. Dann macht MacNeil jetzt den Abmarsch. Eine Waffe kann ich ihm leider nicht mitgeben. Wir benötigen unsere gesamte Feuerkraft, um Doktor Blair und Olsen zu schützen.«

»Aye, aye«, rief der Hundeführer und trottete los, ehe ihm der Colonel mit den Worten, die ihm auf der Zunge lagen, antworten konnte. Stattdessen schnaubte er hörbar und dachte: *Wir sind hier nicht bei der Marine … aber was soll ich von einem undisziplinierten Zivilisten erwarten.* Laut sagte er: »Und wir gehen jetzt unverzüglich zum Fluss.«

***

Als das US-Team unbehelligt am Ziel eingetroffen war, fragte Myers kurz vor dem Ufer des rund fünfzig Meter breiten Stroms: »Was meinen unsere Wissenschaftler: Müssen wir damit rechnen, dass im Wasser Gefahren lauern?«

»In der Kreidezeit gab es bereits Krokodile, die ihren heutigen Verwandten stark glichen«, antwortete Amanda.

»Allerdings werden einige davon doppelt so groß. Wir könnten auch Sauriern begegnen, die ihre Beute unter Wasser jagen. Und selbst in Ufernähe schwimmen vermutlich Raubfische, die einen Menschen ohne Probleme töten können«, ergänzte Olsen.

»Dann wird Jones, die Probe entnehmen und wir warten hier auf ihn«, bestimmte der Colonel. »Also los, Private. Und gehen Sie keinesfalls tiefer in den Fluss als bis zu den Knöcheln.«

Während der GI den Befehl ausführte, wunderte sich Amanda Blair, welche Rolle der Fluss im Gesamtkonstrukt der künstlichen Biosphäre bezüglich des Wärmehaushalts und des Klimas spielte?

»Um diese Frage klären zu können, müssten wir in Erfahrung bringen, wie der Fluss mit Wasser gespeist wird«, erläuterte Olsen. »Unter der Antarktis, aber auch in anderen Kältegebieten, existieren subglaziale Seen, die über zweihundert Kilometer lang und über fünfzig Kilometer breit sein können. Vielleicht gibt es sogar mit Wasser gefüllte Hohlräume mit erheblich größeren Dimensionen, die wir bisher nicht kennen. Teilweise herrscht in den Seen vulkanische Aktivität, die das Wasser erhitzt.«

»Die Erbauer der Ökosphäre könnten also einen dieser subglazialen Seen als Wasserreservoir benutzt haben«, meinte Amanda.

»Ja genau und die Vulkane könnten als Energiequelle fungieren, die ausgebeutet wird, um die Ökosphäre zu versorgen. Allein der Energieverbrauch der künstlichen Sonne muss unvorstellbar sein. Mit einer solchen Technik zur Energiegewinnung könnten wir leicht den Bedarf der ganzen Menschheit abdecken.«

»Das wäre ja fantastisch«, jubelte Amanda und strahlte über das ganze Gesicht. »Damit wäre allen armen Ländern auf der Welt geholfen.«

Oder die Technik fällt in die Hände des Militärs, grübelte Olsen. *Und die werden kaum eine friedliche Nutzung im Sinn haben oder sie an irgendwelche Hungerleider verschwenden.*

Gerade als Jones mit einem frisch mit Flusswasser gefüllten Plastikfläschchen mit Schraubverschluss aus dem Arsenal des Professors auf die Gruppe zustiefelte, beendeten entfernte Schüsse das lebhafte Gespräch.

In Sekundenbruchteilen lagen die beiden Soldaten auf der Wiese und brachten ihre Sturmgewehre in Anschlag.

Olsen und Blair standen wie erstarrt mit geweiteten Augen da.

»Runter, verdammt. Oder muss ich Ihnen eine Extraeinladung schicken?«, wetterte Myers. Als die beiden ebenfalls flach auf dem Boden lagen, schnaubte der Colonel wutentbrannt. »Verfluchte Russen!«

Eine weitere Salve erscholl.

»Woher wollen sie wissen, dass das Sowjets sind?«, fragte Olsen. »Vielleicht ballern ihre Kollegen von der Army mal wieder sinnlos durch die Gegend.«

»Blödsinn. Die Schüsse werden aus einer verdammten Kalaschnikow abgefeuert. Das hört selbst ein Tauber. Na ja, ein Zivilist ist so ziemlich das Gleiche, also sei es Ihnen verziehen.«

Der Wissenschaftler verzog beleidigt das Gesicht.

»Da, drüben der Hügel«, sagte Myers, »der wird uns ausreichend Deckung bieten.« Er deutete auf einen dunkeln Fleck auf der Erhebung. »Sieht nach einer Höhle aus. Sehr gut.«

Geduckt rannte das US-Team los. Vor dem Höhleneingang presste Myers den erhobenen Zeigefinger auf die Lippen und signalisierte dann mit der flachen Hand den anderen, sie sollen zurückbleiben. Er schlich an die Öffnung und postierte sich seitlich davon, wodurch er vermied, eventuell von anwesenden Bewohnern der Höhle entdeckt zu werden. Dann zerbrach er eine chemische Fackel und schleuderte sie in die Dunkelheit der Felsenkammer.

Mit einer geschmeidigen Rollbewegung kam er direkt vor dem Eingang, aus dem nun ein orangefarbenes Leuchten schimmerte, schussbereit zum Liegen. »Sauber! Kommt.«

Die ovale Höhle maß geschätzte zwanzig Quadratmeter und roch muffig.

In ihrem Innern händigte Myers seine Pistole zusammen mit dem Holster der verdutzten Amanda aus. »Sie ist entsichert. Wenn eines von diesen Dinosaurier-Monstern oder ein Russe reinschneit, zielen Sie auf ihn und drücken ab, ohne Fragen zu stellen. Das Magazin ist voll. Passen Sie auf, dass sie nicht auf Jones oder mich schießen, wenn wir zurückkehren. Wir werden die Lage sondieren und die Russen ein bisschen aufmischen. Sie verstecken sich unterdessen hier. Unternehmen Sie keine Ausflüge. Bei unserer Ankunft pfeife ich dreimal. Sie antworten mit vier Pfiffen, woraufhin ich zweimal pfeife. Danach komme ich zu Ihnen in die Höhle rein. Kapiert?«

Amanda nickte.

»Und sorgen Sie dafür, dass unser Kommunistenfreund«, er bedachte Olsen mit einem abschätzigen Blick, »seine Pfoten von der Waffe lässt. Ich traue ihm nicht. Sicher ist sicher.«

KAPITEL 10

Egal, wohin MacNeil spähte, überall lag steiniges Geröll verstreut, fast so weit er sehen konnte. Wenn er einen Bogen nach links schlug, würde er den Gefechtslärm, den die Eindringlinge verursacht hatten, umgehen. In der Ferne stieg dort der steinige Boden langsam an und ging in einen grasbewachsenen Hang über, den zahlreiche große Felsbrocken sprenkelten. Hinter diesem Gelände schien die Landschaft in einen dichten Wald zu münden. Genaues konnte er nicht erkennen, die Entfernung war zu groß. Ein Blick auf die Uhr an seinem Handgelenk zeigte MacNeil, dass ihm noch etliche Stunden bis zu Einbruch der Dämmerung zur Verfügung standen.

Da er nicht wusste, ob in dieser rätselhaften Ökosphäre nachtaktive Beutegreifer in der Dunkelheit auf die Jagd gingen, wollte er das nur wenig Deckung und Versteckmöglichkeiten bietende Geröllfeld und die Grasböschung bei Tageslicht hinter sich bringen. Würde er es rechtzeitig bis zum Waldrand schaffen? Er musste es zumindest versuchen, denn dort konnte in einer Baumgabelung schlafen und so zumindest Schutz vor allem, was auf dem Boden herumschlich und nicht klettern konnte, finden.

Zunächst in gemäßigtem Tempo marschierte er los. Dann zog er die Geschwindigkeit immer stärker an. Nun profitierte er von dem Lauftraining, das er vor seinem Umzug nach Alaska regelmäßig absolviert hatte. Damals hatte er in seiner Freizeit regelmäßig an Halbmarathon-Wettbewerben teilgenommen. Obwohl seine Kondition nicht mehr so gut wie zu jener Zeit war, verfügte er immer noch über eine große Ausdauer und Zähigkeit. Weiter und immer weiter drang er in einem gleichmäßigen Trott vor.

Die durch die körperliche Anstrengung beim Laufen biochemisch freigesetzten Endorphine hoben seine Stimmung. Automatisch trat ein Fuß vor den anderen. Die Gedanken des Hundeführers schweiften in die Vergangenheit ab, hin zu den Ereignissen, in deren Verlauf er seinem Malamuten-Rudel zum ersten Mal begegnet war …

***

An einem Sommertag im Juli fuhr MacNeil in seinem alten Pick-up-Truck einen holprigen, schlecht in Schuss gehaltenen Waldweg entlang. Die Zweige der umstehenden Büsche und Bäume schrammten geräuschvoll an den Seitenwänden des Fahrzeugs, hohe Grasbüschel auf der Fahrbahn schleiften an der Unterseite des Wagens. Am Ziel seines Ausflugs würde er Malcolm O'Donnell treffen, einen früheren Schlittenhundeführer, den der Verband, der die Hunderennen organisierte, aufgrund eines Beißvorfalls, an dem einer von seinen Hunden beteiligt gewesen war, ausgeschlossen hatte.

Ursprünglich hatte MacNeil vor wenigen Tagen in einer Bar in Anchorage von dem Mann gehört. Schon von Kindheit an verfügte MacNeil über einen besonderen Draht zu Hunden. Er zählte zu jenen Leuten, die man im Allgemeinen als Hundemenschen bezeichnet. Der Umgang – auch mit schwierigen Vierbeinern – fiel ihm leicht, da er deren Gestik, Mimik und Verhalten zu deuten verstand. Und so war es nicht verwunderlich, dass O'Donnells Geschichte seine Aufmerksamkeit erregte. Er hatte weitere Recherchen zu dem Vorkommen bei besagtem Rennen angestellt und sich schließlich dazu entschlossen, in Verbindung mit O'Donnell zu treten. Telefonisch war dies aufgrund der fehlenden Netzanbindung der einsamen Gegend, in der sein gewünschter Gesprächspartner lebte, unmöglich. Erschwerend für eine Kontaktaufnahme kam hinzu, dass die Briefpost vor Ort nur einmal die Woche zugestellt wurde. Und um sich auf ein langes schriftliches Hin und Her einzulassen, mangelte es MacNeil an der nötigen Geduld

– dazu war er viel zu sehr ein Mann der Tat. Also stieg er einfach in seinen Truck und brach auf, um O'Donnell einen Besuch abzustatten.

Schon von Weitem übertönte das verzweifelte Heulen der Hunde das sonore Blubbern des Big-Block-V8-Motors des Trucks. Als MacNeil auf die Lichtung fuhr, die mit dem Anwesen O'Donnells identisch war, wurde er mit einem desolaten Bild konfrontiert. Beim Aussteigen drang ihm ein unerträglicher Gestank nach Urin und Ammoniak in die Nase. Gut ein Dutzend verwahrloster Hunde zerrte an rostigen Eisenketten, die an Pflöcken befestigt waren, deren Abstand den für die Tiere so wichtigen Körperkontakt untereinander verhinderte.

Besonders wild gebärdete sich ein – selbst für Malamutenverhältnisse – riesiger Rüde. Obwohl abgemagert, wirkte es, als würde er den Pflock, der ihn seiner Freiheit beraubte, jeden Augenblick aus dem Boden reißen. Er warf sich mit solcher Wucht nach vorn, dass er regelrecht Saltos in der Luft schlug, sobald die Kette nicht mehr nachgab. Sein Fell glich einem mottenzerfressenen Flokatiteppich; die verfilzte Unterwolle quoll überall zwischen dem stumpfen Deckhaar hervor. Manche Stellen an seinem Körper waren komplett kahl. Doch selbst sein miserabler Zustand und die Einschränkung seiner Freiheit hatten ihn nicht gebrochen. In seinen bernsteinfarbenen Augen funkelte ein Feuer, das schrie: Ich werde niemals aufgeben! Während die anderen Hunde sich mit der Ankunft des Fremden abfanden und resigniert in Apathie versanken, wütete er unermüdlich weiter.

Eine Mischung aus Trauer und Zorn trübte MacNeils Stimmung. Wie betäubt stapfte er auf das Haus am jenseitigen Ende des Grundstücks zu, das einen ähnlich heruntergekommenen Eindruck hinterließ wie die Hunde.

Vom Zahn der Zeit und dem Einfluss der Witterung gezeichnet, bogen und wölbten sich die Schindelverkleidungen der Außenwände. Überall blätterte der Lack ab. Einige Elemente der Fassadenverblendung hatten sich komplett gelöst und lagen nun am Boden, wo sie allmählich vermoderten.

MacNeil erklomm die abgewetzten Verandastufen, verharrte vor der mit einem Fliegengitter versehenen Tür, und sah sich um. Das milchige Glas der Fensterscheiben rechts und links hatte offensichtlich seit Ewigkeiten keine Reinigung erfahren. Die gehäkelten Vorhänge dahinter verwehrten einen Blick nach drinnen. MacNeil seufzte leise und klopfte sacht an den Türrahmen.

Die Tür öffnete sich sofort, als habe jemand dahinter gelauert und bis jetzt mit dem Öffnen gezögert – sei es aus Höflichkeit, oder vielleicht, um den Beginn eines unangenehmen Gesprächs vor sich herzuschieben.

»Was wollen Sie hier?«, krächzte O'Donnell unfreundlich. »Bin ich nicht schon gestraft genug? Habe ich vielleicht noch nicht genug Schaden erlitten und wollen Sie mich jetzt auch noch verspotten?« Der Hausherr streifte sich eine fettige Haarsträhne von der Stirn. Dann fuhr er mit der linken Hand durch sein von tiefen Falten durchzogenes Gesicht. An den Wangen, dem Hals und am Kinn wucherten lange, graue Bartstoppeln. Sein Atem roch nach hochprozentigem Alkohol.

MacNeil hob beschwichtigend die Hände und nannte seinen Namen. »Nein, deshalb bin ich nicht hier. Das Gegenteil ist der Fall. Mir liegt das Wohl von Hunden sehr am Herzen und weil ich Ihre Geschichte gehört habe, bin ich gekommen, um Ihnen zu helfen.«

Die starren, verzerrten Züge O'Donnells wurden ein klein wenig entspannter und sanfter. Doch dann kehrte sein Misstrauen plötzlich zurück. »Sie lügen! In Wahrheit sind Sie ein Geldeintreiber, der mir an die Tasche möchte. Richten Sie Ihrem Auftraggeber aus, hier gibt's nichts zu holen.«

Kopfschüttelnd schwieg MacNeil und nahm die Hände nach unten. Erst nach gut zehn Sekunden sprach er wieder: »Wenn sie das glauben, kann ich ihnen leider nicht helfen. Wenn sie schon für sich selbst keine Unterstützung möchten, möchte ich Sie bitten, wenigstens an die Hunde zu denken.«

Es arbeitete in O'Donnells Gesicht, als würde er heftig nachdenken. »Hm, ja also … die Hunde. Eigentlich sind sie ganz okay, bis auf Kenai. Der ist ein echtes Biest, ein leibhaftiger Teufel.« Er schwieg betreten.

»Was macht ihn denn zu so einem Ungeheuer.«

O'Donnells Hände zitterten. »Ach was soll's, wenn Sie mir auf die heilige Bibel versprechen, dass Sie kein

Geldeintreiber sind, erzähle ich Ihnen etwas darüber. Allerdings kostet Sie das einhundert Dollar und keinen Cent weniger.«

Kurz entschlossen leiste MacNeil den geforderten Schwur, holte das Geld aus seinem Portemonnaie und drückte es dem anderen in die Hände. Der zerknüllte die Scheine, steckte sie in die Hosentasche, öffnete die Tür und das Fliegengitter vollständig und winkte seinen Gast herein.

Der Alte führte ihn in das Wohnzimmer, lümmelte sich auf die Couch und bot MacNeil einen Platz auf dem Sessel am anderen Tischende an.

Im ganzen Haus stank es erbärmlich. Auf den Möbeln glänzten speckige Flecken von Essensresten. Auf dem Tisch stand eine halbleere Flasche mit selbstgebranntem Fusel. O'Donnell schenkte davon großzügig in ein leeres Marmeladenglas ein und nahm einen tiefen Schluck. Das Zittern seiner Hände schwand.

Langsam und gedehnt sagte MacNeil: »Und … die Hunde?«

O'Donnell hustete. »Ja, die Hunde … die schnellen Schwestern sind echte Gewinner, aber ich musste mein Glück ja auf Kenai setzen, diesen Teufel. Nur er ist schuld daran, dass ich aus dem Verband ausgeschlossen wurde und nicht mehr an Rennen teilnehmen darf.«

»Was ist passiert?«

»Es war beim Wettkampf in Meadow Lakes vor einem Jahr. Das Biest ist viel langsamer gerannt, als es eigentlich kann. Ich gab ihm die Peitsche zu schmecken, um ihm Beine zu machen. Daraufhin ist er einfach stehen geblieben. Als ein Streckenposten zu uns kam, hat er versucht, Kenai am Geschirr zu ziehen, um mein Gespann aus der Spur zu entfernen, da es die Rennstrecke blockiert hat. Kenai hat ihm beide Unterarme zerfetzt und wir wurden disqualifiziert.« Eine Träne rann über O'Donnells linke Wange.

Um zu verhindern, dass der Alte anfing, sich in Selbstmitleid zu suhlen, schlug MacNeil vor: »Dann zeigen sie mir am besten den Übeltäter jetzt gleich.«

Nickend stand O'Donnell träge auf und die beiden gingen nach draußen.

Auf dem Weg zu dem unbeugsamen Rüden, der MacNeil schon bei seiner Ankunft aufgefallen war, hob sein Gastgeber einen Knüppel auf.

Diesmal erwartete Kenai seinen menschlichen Besuch ganz still. Den Körper versteift und die Lefzen hochgezogen, zeigte er den ungleichen Männern sein imposantes Gebiss. Seine Warnung war eindeutig: Kommt mir bloß nicht zu nahe!

Als O'Donnell einen Schritt vortrat und den Knüppel schwang, um auf den Hund einzuprügeln, packte ihn MacNeil instinktiv am Arm.

Es kostete ihn kaum Kraft, dem alten Mann den Knüppel zu entringen.

»Was soll das? Das Tier hat ihnen gerade gar nichts getan!«

O'Donnell starrte auf seine eigenen Füße und heulte Rotz und Wasser. Er schien sein Schluchzen gar nicht mehr einkriegen zu können.

»Wissen Sie was«, sagte MacNeil, »Sie sind mit der Haltung der Hunde himmelhoch überfordert. Deshalb habe ich einen Vorschlag für Sie: Ich kaufe ihnen das ganze Rudel ab. Hier und heute.«

Mit leerem Blick in den Augen sah O'Donnell auf. »Nein, nein, so läuft das nicht. Sie können das Biest haben. Für dreitausend Dollar.«

»Entweder alle oder keinen. Sie haben seit Ewigkeiten keinen Job mehr und dürfen an keinem Rennen mehr teilnehmen. Ich wette, sie sind längst pleite.«

Der Alte nuschelte etwas Unverständliches.

»Unterbrechen sie mich gefälligst nicht. Ich biete Ihnen fünfundzwanzigtausend Dollar für das Rudel, das Haus und das Gelände. Jetzt sofort und in Cash. Aber keinen Cent mehr. Der Preis ist nicht verhandelbar. Wenn Sie nicht einschlagen, verpassen Sie Ihre letzte Chance. Irgendwann nimmt ihnen die Bank sowieso alles ab, und dann können Sie froh sein, wenn Sie mit fünfhundert Dollar abgespeist werden. Wer sonst soll denn diese Bruchbude und die verwahrlosten Hunde kaufen. Was sagen Sie nun?«

Bei der Nennung der exorbitant übertriebenen Summe hatten O'Donnells Augen gierig gefunkelt. Nach kurzem Gestammel nahm er das Angebot an …

… und MacNeils Leben schlug eine Richtung ein, von der er vor wenigen Minuten nicht einmal zu träumen gewagt hatte. Denn eigentlich hatte er O'Donnell nur etwas Geld schenken wollen, um ihm bei der Futterversorgung der Hunde unter die Arme zu greifen.

***

MacNeil musste bei dieser Vorstellung schmunzeln, während seine Gedanken wieder in die Gegenwart zurückkehrten – zu seinem Weg über das Geröllfeld hinweg. Sperrige Gesteinsbrocken umrundete er mit einem angemessenen Sicherheitsabstand, denn allem, was dahinter verborgen sein konnte, durfte er nicht unüberlegt in die Arme rennen … oder besser gesagt in die Klauen und Fänge.

Größere Raubechsen zeigten sich entgegen MacNeils Befürchtungen keine. Hier und da huschten ihre winzigen Verwandten durch die Gegend, deren Speiseplan vermutlich Insekten und Würmer füllten; und bei denen es sich offenbar um Vorfahren der heutigen Eidechsen handelte. Durch die Farbe ihrer ledrigen Haut schienen sie mit dem grau bis anthrazitfarbenen Untergrund zu verschmelzen und er registrierte sie erst, wenn er fast auf sie trat. In der gleichen Sekunde flitzten sie mit atemberaubender Schnelligkeit seitlich weg.

Langsam überzog die Abenddämmerung das Land. Es wurde zusehends schwieriger, Details der Umgebung zu erkennen. Den allergrößten Teil der Strecke hin zu der weitläufigen Böschung, die aus der Ebene zu einem

Waldgebiet anstieg, hatte MacNeil bereits absolviert. Er mobilisierte alle Kräfte und zog das Tempo an. Mit Erfolg! Gerade als es stockfinstere Nacht wurde, stand er schwer atmend am Fuß des Hanges.

Eine kurze Pause kann ich mir gönnen. Wann, wenn nicht jetzt?, sinnierte er.

Gemächlich ging MacNeil neben einem großen Felsblock, der fast senkrecht in die Höhe ragte, in die Hocke. Nach kurzem Innehalten lehnte er sich rücklings an das Gestein, setzte sich hin und streckte die Beine der Länge nach aus. Er schloss kurz die Augen, öffnete sie wieder und wartete, bis seine Atmung ruhiger wurde.

Nach einer Weile rappelte MacNeil sich auf und stapfte weiter. Langsamer als zuvor, viel langsamer. Das alte Sprichwort von der Hand, die man in der Dunkelheit nicht vor den Augen sehen kann, kam ihm in den Sinn, denn sie beschrieb die Lichtverhältnisse, mit denen er zurechtkommen musste, perfekt. Sorgfältig setzte er einen Tritt vor den anderen, die Hände nach vorn ausgestreckt.

So wird es fast die ganze Nacht dauern, bis ich oben bin.

Gespannt lauschte MacNeil in die Finsternis, um eventuell anpirschende Raubtiere rechtzeitig zu bemerken, denn so ganz traute er Blairs Hypothese vom Aussterben nachtaktiver Fleischfresser in der Ökosphäre nicht.

Mit der Einschränkung der optischen Wahrnehmung ging ein Verlust des Zeitgefühls Hand in Hand. Ob zwei, drei oder fünf Stunden verstrichen waren, entzog sich seiner Kenntnis. Auf einen Blick auf seine Armbanduhr, die über eine Beleuchtung für die Nacht verfügte, verzichtete er bewusst, denn dieser hätte – je nach Ergebnis – unnötigen Frust erzeugen können. Kreatürliche Ängste vor der Dunkelheit nahmen in seinem Denken Gestalt an. Gelegentlich schreckte er zusammen, als er mit den Fingerspitzen einen Felsen ertastete, der seinen Weg nach oben blockierte. Zu allem Überfluss fing es an zu regnen. Der zunehmende Niederschlag ließ den steinigen Boden glitschig werden. Mehr als einmal strauchelte und stürzte MacNeil. Dank seiner geschulten Reaktionen stützte oder rollte er sich jedes Mal behände ab. Auch, wenn er gelegentlich einige Meter hangabwärts purzelte, und sich dabei zahlreiche blaue Flecken am ganzen Körper zuzog, kapitulierte er nicht vor der Herausforderung. Das zähe Vorankommen glich einem niemals enden wollenden Albtraum.

Als seine Zehen nach einer gefühlten Unendlichkeit wieder Erdreich anstelle von Fels berührten, schlug sein Herz schneller – diesmal vor Freude statt vor Anstrengung. Kurz darauf ertastete er mit den Händen zunächst struppige Büsche und dann kleine verkrüppelte Bäume. Vor Erschöpfung konnte MacNeil nicht mehr aufrecht gehen und so krabbelte er auf allen vieren voran.

Nur nicht aufgeben. Wenn ich jetzt anhalte, bleibe ich hier ungeschützt liegen.

Derbes Gras überzog nun das Erdreich. Der Hundeführer, dem das Fassen klarer Gedanken wachsende Probleme bereitete, versuchte, sich daran zu erinnern, wie lange eine Nacht hier unten dauerte. Als es ihm nicht gelang, befürchtete er ebenfalls an dem Aufstieg den Hang hinauf, der ebenso endlos wirkte wie die alles verschlingende Düsternis um ihn herum, zu scheitern. Derartige Grübeleien traten in den Hintergrund, als er merkte, dass der Boden ebener wurde. Zudem nahm die Dichte der Vegetation zu. MacNeils Finger erfühlten einen Baumstamm – dicker und weniger schräg als all jene, denen er zuvor begegnet war. Vorsichtig zog er sich an dem Holz empor. Die ersten Äste sprossen ungefähr in Kinnhöhe aus dem stabilen Holzgewächs.

Die Versuchung, nach oben zu klettern, überwältigte MacNeil fast.

Ich finde einen besseren, ich muss nur ein kleines Stückchen weiter laufen.

Wieder in aufrechter Haltung setzte er den beschwerlichen Marsch fort. Kurz darauf entdeckte er einen vielversprechenden Stamm, dessen unterste Äste deutlich höher lagen – so hoch, dass er sie mit ausgestreckten Armen nicht berühren konnte. MacNeil nickte behäbig, dann umschloss er mit Armen und Beinen den Stamm und schob sich ächzend nach oben. Sobald seine Hand einen stabilen Ast ergriff, ging es leichter. Mit einem Klimmzug wuchtete er den eigenen Körper in die Höhe. Glücklicherweise trug der Ast sein Gewicht. Zunächst blieb er kurz im Geäst hocken, bevor er aufstand. Etwas weiter oben teilte eine Gabelung den Baum. Er hatte gefunden, worauf er gehofft hatte. Kurz darauf saß er im Scheitelpunkt des Stammes, der von hier ab in zwei verschiedene Richtungen in den Himmel wuchs.

Endlich konnte MacNeil seinem überwältigenden Schlafbedürfnis nachgeben. Vorher bedurfte es lediglich einiger Sicherheitsvorkehrungen.

Zunächst musste er an den Gürtel seiner Uniform herankommen, die er unter dem Overall trug. Sorgfältig öffnete er das einteilige Kleidungsstück, stets darauf bedacht, das Gleichgewicht in dieser luftigen Höhe zu halten. Ein Sturz wäre wahrscheinlich fatal. Zentimeterweise schälte er die äußere Kleidungsschicht ab, bis diese nur seinen Körper unterhalb der Hüfte bedeckte. Erst jetzt bemerkte er, wie durchgeschwitzt und vom Regen durchtränkt seine Kleidung war. Ebenso wurde ihm klar, dass ihn das Blätterdach vor dem Regen schützte, den er in den vergangenen Stunden kaum wahrgenommen hatte. Der Niederschlag platschte hoch über ihm auf die Baumkrone. Das Geräusch hatte etwas Beruhigendes, die Lider wollten MacNeil zufallen und fast wäre er eingeschlafen. Er schob die drückende Müdigkeit, die ihm in den Gliedern steckte, beiseite, löste das Koppelschloss, fummelte den Gürtel aus den Ösen und verknüpfte ihn mit dem identischen Gürtel des Overalls. Das fertige Produkt schlang er um den dünneren der beiden Stämme und dann um seine Hüfte. Nun ließ er den Schließmechanismus mit einem beruhigenden Klicken einrasten. Kaum fertig, übermannte ihn der Schlaf …

***

Wo ist mein Kopfkissen?, durchfuhr es MacNeil. Während er mit geschlossenen Lidern die Arme nach selbigem ausstreckte, drang ein zischelndes Geräusch an seine Ohren, begleitet von Schaben und Kratzen. Sein ganzer Körper schmerzte, er fühlte sich wie gerädert. Träge öffnete er die Augen. Er glaubte erst, sein Sehsinn würde ihm einen Streich spielen. Im Zwielicht um ihn herum sprossen Bäume mit riesigen Blättern. Durch die Zwischenräume im Halbdunkel, das die mächtigen Gewächse umfing, drangen zwischen den Wipfeln grelle Lichtbahnen vom Himmel herab, die ihn blendeten. Was war geschehen? Bevor er genauer darüber nachdenken konnte, erklang ein lautes Klatschen und das Bett wurde erschüttert. Da dämmerte ihm, dass es kein Bett war, in dem er ruhte. Schlagartig kehrte seine Erinnerung zurück … die mysteriöse Biosphäre … die Schüsse … der Gewaltmarsch durch die schwarze Regennacht. Erneut fing der Baum an zu schwanken.

Als MacNeil nach unten blickte, sah er eine der räuberischen Echsen, die ihn bislang mit ihrer Anwesenheit verschont hatten. Auf die Hinterbeine gestellt, schmetterte das Reptil seinen Leib, der wie bei einer Schlange glänzte und den winzige, grau und grün gefärbte Schuppen überzogen, gegen den Baumstamm. Der Rumpf der Kreatur maß mindestens zwei Meter, ihr kräftiger Schwanz kam ungefähr auf die gleiche Länge. Aus ihrem massiven Hals ragte ein schmaler, spitz zulaufender Kopf. Aus dem Rachen des waranartigen Geschöpfs züngelte zischend eine raue, am Ende zweigeteilte Zunge von blauer Farbe. Das Maul säumten zwei Leisten aus spitzen Zähnen, die wirkten, als seien sie bestens zum Herausreißen von Fleisch und zum Brechen und Zermahlen von Knochen geeignet. Die Füße zierten relativ kurze und gerade Krallen. Mit derartigen Gliedmaßen hatte die Evolution das Erklettern von Bäumen für dieses Tier nicht vorhergesehen, also gehörte es zu den Jägern der Ebene und nicht des Waldes. Dies schien ihm jedoch egal zu sein, denn anscheinend zählte es auch die Ausläufer von Wäldern zu seinem Jagdrevier.

Bloß keine Hektik, ermahnte sich MacNeil. *Die Echse ist unten und ich bin hier oben. Ich habe genug Zeit, zu überlegen, was ich unternehmen soll. Vielleicht gibt sie ja von selbst auf, wenn sie spitzkriegt, dass ich für sie unerreichbar bin.*

Aber das wäre einfach zu schön gewesen, um wahr zu sein. In der Wirklichkeit verfügte das Tier über reichlich Geduld und dachte gar nicht daran, seine Lauerstellung zu verlassen. Unterdessen absolvierte der Hundeführer Dehnübungen für seine von der unbequemen Nachtruhe verspannte Muskulatur. Danach verspeiste er ein karges Frühstück, bestehend aus zwei Keksen, die er aus der Notfallpackung herausfingerte. Halbwegs gekräftigt ging er daran, den Plan, den er während der Mahlzeit entwickelt hatte, in die Tat umzusetzen. Er schnallte sich los, verstaute die Gürtel in einer Oberschenkeltasche seines Overalls, zog sein Messer, nahm dessen

Heft in den Mund und kletterte den borkigen Stamm nach oben, bis er einen geeigneten Ast entdeckte. Mit wenigen kräftigen Schlägen hieb er von zwei verschiedenen Seiten Kerben in das Holz, steckte den Griff der Klinge zurück zwischen seine Zähne, brach den Ast ab und kraxelte damit wieder in die Ausgangsposition. Das hungrige Reptil intensivierte unterdessen die Bemühungen, ihn aus seinem Versteck zu schütteln. Egal, wie sehr der Baum wackelte und vibrierte, MacNeil balancierte die Erschütterungen geschickt aus. Er setzte sich in die Gabel, stutzte den Ast mit dem Messer auf die gewünschte Länge zurecht und befreite ihn von Laub und Zweigen. Um das Messer an einem seiner Enden zu befestigen, benutzte er einen der beiden Gürtel – und schon nannte er einen improvisierten Speer sein Eigen.

Hoffentlich hält die Klinge am Ast, wenn ich damit zustoße.

Der Kopf der Kreatur war in Reichweite. Ein Stich, zwei Stiche, drei Stiche – jedes Mal wich das Tier behände aus. Egal, wie oft MacNeil es probierte, das Ansinnen, das Reptil zu verletzen oder zu verscheuchen, ohne seine sichere Position aufzugeben, scheiterte. Der Hunger band das Tier mit unsichtbaren Ketten an seinen Platz. Ein Umstand, den er möglicherweise ausnutzen konnte. Er holte einen Keks heraus und warf diesen nach unten. Das überraschte Tier schnappte vergeblich danach. Das zweite zugeworfene Backwerk prallte von ihrem Schädel ab.

Aller guten Dinge sind drei.

Und tatsächlich schnappte die Echse den Keks diesmal in der Luft auf. Inzwischen geübt im Fangen, erhaschte das Tier die folgenden drei Kekse und verschlang sie gierig. Nun schleuderte MacNeil einen der Kekse gut zehn Meter weit vom Baum weg. Blitzschnell jagte das Reptil hinterher. Er hopste nach unten, federte geschickt ab und nahm eine geduckte Abwehrhaltung ein, den improvisierten Speer mutig vorgestreckt.

Durch das Aufprallgeräusch alarmiert, wirbelte das Biest herum. Schritt um Schritt kam sie der neuen Beute zischelnd näher, die einiges mehr an Kalorien versprach, als das trockene Gebäck. Die Gegner fixierten einander mit eisenhartem Blick. Wer würde den ersten Angriff wagen?

Fast lautlos sprintete das Reptil vorwärts. MacNeil wich aus und riss ihm den Rücken mit der Klinge auf. Aus der nur mäßig tiefen Wunde rann rostrotes Blut. Es bedurfte nur einer kurzen Drehung der Echse, dann folgte die zweite Attacke. Der Hundeführer stieß zu, bevor das Tier seine Beine erreicht hatte. Er legte alle Kraft und Wucht, die ihm zur Verfügung stand, in den Stoß. Das Messer an der Spitze des Astes drang hinter dem Hals des Räubers, auf den er eigentlich gezielt hatte, tief in das Fleisch ein. Das geschuppte Biest drehte und rollte sich auf die Seite, dabei wurde MacNeil der improvisierte Speer aus den Händen gerissen.

Der Waran kam wieder auf alle vier Beine und flüchtete auf einen Abstand von gut fünfzehn Metern, bevor er erneut die Konfrontation suchte. Vorsichtig umkreiste er MacNeil in enger werdenden Bahnen. Nur noch einen Meter entfernt, holte er mit dem Schwanz zu einem gewaltigen Schlag aus, der den Menschen von den Beinen fegte. Dieser schlug mit dem Hinterkopf fast auf einen mehr als faustgroßen Stein auf. Dann war die Bestie über ihm. Ihre gespaltene Zunge züngelte über seinem Gesicht, fauliger Atem wehte ihm in die Nase. Das spitze Maul ging weit auf und raste direkt auf ihn zu. Instinktiv ergriff er den neben seinem Kopf befindlichen Stein und rammte ihn der Bestie in den Rachen, so tief es nur ging. Erst mit einer, dann mit beiden Händen drückte er den Klumpen so tief wie möglich in ihren Hals hinein. Während die Echse würgend versuchte, den Fremdkörper auszuspucken, sprang MacNeil auf und zerrte den Speer aus ihrem Rücken. Dann stach er damit seitlich in den Schädel der Kreatur, die unter letzten Zuckungen und Spasmen ihr Leben aushauchte.

Erst einige Momente später fand die Erkenntnis, wie knapp er eben dem Tod von der Schippe gesprungen war, Einzug in MacNeils Bewusstsein. Mit dem Nachlassen der Spannung spürte er die Schmerzen der Prellung am Rücken, die er sich bei dem Sturz durch den Echsenangriff zugezogen hatte. Schlimmer noch – der Schlag, den das Reptil mit dem Schwanz ausgeteilt hatte, hatte sein rechtes Bein ordentlich erwischt. Es würde mit Sicherheit grün und blau werden. Und zur Krönung des ganzen Malheurs hatte er fast die Hälfte der nährstoffreichen Kekse verbraucht, die ihn auf seinem beschwerlichen Weg mit Energie versorgen und ernähren sollten. Vorsichtig schlurfte er den weichen Waldboden ein paar Schritte entlang. Das verwundete Bein ächzte bei jeder Berührung seines Fußes mit dem Boden qualvoll auf. Zumindest konnte er es belasten. Hoffentlich lange und stark genug!

Jammern nutzt mir wenig. Ich muss in Bewegung bleiben. Wenn der Körper zu versagen droht, muss es der Wille richten. Mein Ziel habe ich klar vor Augen: den Ausgang hin zur Oberfläche.

Er zog den Speer aus dem Kadaver und schritt Richtung Süden voran. Das Tempo des Vortages konnte er unter den gegebenen Umständen nicht mehr einhalten. Die richtige Richtung zeigte ihm der Moosbewuchs der Bäume.

Das Vorankommen gestaltete sich im Laufe des Tages immer schwieriger. Dichter werdendes Unterholz versperrte ihm den Weg. Er musste über gefallene Bäume klettern oder sich den Weg mit dem Messer freischlagen, das er zu diesem Zweck von dem improvisierten Speer gelöst hatte. Ungeachtet der Anstrengungen stakste MacNeil – unterbrochen von wenigen Erholungspausen – bis zum Hereinbrechen der Dunkelheit weiter. Zusehends forderte die Erschöpfung ihren Tribut. Schwäche und Müdigkeit nisteten sich in ihm ein, das Fassen klarer Gedanken gelang ihm nur mit Mühe. Er funktioniere einfach nur, fast wie eine seelenlose Maschine, aber er hielt durch, solange es hell blieb.

Die Nacht verbrachte er in bewährter Manier wohlbehütet in einer Baumgabel.

Als er mit den ersten Sonnenstrahlen erwachte, setzte er den Marsch fort.

KAPITEL 11

Das sowjetische Einsatzkommando hatte in der unterirdischen Station keine Zeit auf die Erforschung ihrer technischen Wunderwerke verschwendet. Jekaterina Rachmaninowa hetzte durch die Räumlichkeiten, bis sie den Aufzug gefunden hatte, dessen Funktionsweise sie erstaunlich schnell entschlüsselte. Ihr vorrangiges Ziel war die Egalisierung des Vorsprungs der Amerikaner um jeden Preis.

In der Ökosphäre angekommen, stieß die Expedition rasch auf den deutlich sichtbaren Spuren des US-Teams bis in die Ausläufer des Urwalds vor und erreichte am zweiten Tag genau wie dieses den Sumpf.

Dort beorderte die Politoffizierin die Zugführer Lukassow und Sorokin zu einer Besprechung. Die Brust herausgedrückt und die Hände hinter dem Rücken verschränkt, instruierte sie die beiden Unteroffiziere bezüglich des weiteren Vorgehens: »Die Deckung, die uns der Urwald bietet, ist zu wichtig, um sie aufzugeben; direkt durch den Sumpf zu marschieren ist zu riskant. Also umgehen wir den Morast innerhalb des Dschungels. Da wir bisher kaum etwas über die Ebene wissen, schicken wir einen Zwei-Mann-Spähtrupp aus, der den Sumpf von der entgegengesetzten Seite umrundet und dabei Aufklärung leistet. Der Trupp muss sich bei seinem Vorstoß unsichtbar machen. Wählen sie zwei Genossen aus, die besonders erfahren im Ausführen von Spähaufträgen sind.«

***

Das Los war auf Frolow und Kusmin gefallen, die ihre Helme zur Tarnung mit breitblättrigen Farnwedeln ausstaffiert hatten.

Sie kamen nur langsam voran, da sie die Strecke, um nicht aufzufallen, hauptsächlich auf dem Boden robbend bewältigen mussten. Diese kräftezehrende Art der Fortbewegung zwang sie immer wieder, Erholungspausen im Schutz von Sträuchern und Felsbrocken einzulegen. Von den Amerikanern fanden sie keinerlei Anzeichen. Die einzigen feststellbaren Aktivitäten äußerten sich in zweibeinigen, langhalsigen Geschöpfen, die teils allein – teils in Gruppen – das Grasland bevölkerten. Die Tiere blieben den beiden Menschen jedoch fern.

»Das könnten fast Strauße sein«, meinte Frolow. »Das sind Laufvögel. Ich hab die letztes Jahr bei einem Besuch im Moskauer Zoo gesehen. Warst du mal dort?«

»Nee«, antwortete Kusmin. »Ich interessiere mich nicht für Tiere, außer wenn sie lecker zubereitet auf den Teller kommen.«

»Hm«, äußerte Frolow. »So ein gegrillter Vogel wäre eine willkommene Abwechslung zu dem ewig gleichen Armeefraß. Der hängt mir echt zum Hals raus.«

Die Männer lachten trocken.

Als es dämmerte, bezogen die beiden Soldaten ihr Nachtlager mitten in einer dichten Gruppe von Sträuchern, die sie vor neugierigen Blicken verbarg.

***

Der sowjetische Haupttrupp arbeitete sich zeitgleich zu den Spähern durch den unwegsamen Urwald vor. Eine Mischung aus dem Duft von Harzen, Blüten und dem feuchten, von Nadeln und Blättern bedeckten Boden, stieg den Soldaten in die Nase. Im nahegelegenen Sumpf quakten Heerscharen von Fröschen. Mancherorts verliefen Spinnweben zwischen den Zweigen der Farne und Bäume.

Nach einigen Stunden betrat Lukassow, der Führer des vorderen Zugs, eine Lichtung, deren Boden aus blankem Erdreich bestand. Verschiedene nicht definierbare tierische Fußabdrücke und Schleifspuren bewogen ihn dazu, auf Rachmaninowa zu warten, damit sie entscheiden konnte, ob die Lichtung auf geradem Weg überquert oder umgangen werden sollte.

Ihr Entschluss lautete, auf der freien Fläche Rast zu machen. Einige der Männer setzten sich direkt am Rand der Lichtung hin, aßen, tranken oder rauchten. Die anderen gingen einige Schritte weiter.

Staub, Erde und Laub wirbelten auf, als der erste Soldat in der Mitte der Lichtung eintraf. Ein Skorpion von über einem halben Meter Länge hatte sich in einer selbst gegrabenen Höhle versteckt auf Beute gelauert. Sein Schwanz schoss blitzartig auf den Mann zu, bohrte sich durch den Stoff der Uniformhose in dessen Oberschenkel und verspritzte sein Gift.

Lukassow zog die Dienstpistole und schickte sich an, auf die Bestie zu schießen. Sorokin packte ihn am Unterarm und hielt ihn davon ab. Dann kümmerte er sich selbst um den in einer Notlage befindlichen Kameraden, aus dessen Mund Schaum quoll, während er umkippte. Der Skorpion war vollständig auf seine Beute fixiert und fing an, den Soldaten mit seinen Greifzangen in sein unterirdisches Reich zu verschleppen. Sorokin schlich sich von hinten an den Gliederfüßer, ergriff seinen Schwanz mit der linken Hand und säbelte den Giftstachel mit dem Messer ab. Dann hechtete er auf den Rücken der Kreatur und rammte ihr die Stichwaffe tief in den chitingepanzerten Schädel. Während die Kreatur verendete, rief Sorokin: »Sanitäter!«

Zwei Mann eilten herbei und verabreichten dem Gestochenen Spritzen mit Medikamenten zur Stabilisierung des Herz-Kreislauf-Systems und blutdrucksenkende Mittel. Alle Anstrengungen waren umsonst – ihr Patient starb nach wenigen Minuten an Herzversagen und konnte weder durch eine Herzdruckmassage noch durch eine Mund-zu-Mund-Beatmung wiederbelebt werden.

Rachmaninowa schnaubte vor Wut und stemmte die Fäuste in die Hüften. »Die Pause ist gestrichen. Wir marschieren sofort weiter. Lasst den nichtsnutzigen Kerl da liegen, wo er ist. Für eine Bestattung fehlt uns die Zeit.«

Niemand wagte zu widersprechen.

***

Frolow und Kusmin hatten den ganzen Vormittag damit zugebracht, sich bäuchlings kriechend meterweise vorzukämpfen. Vor ihnen ragte nun ein von mehreren Sträuchern umsäumter, gut zweieinhalb Meter hoher Felsbrocken auf.

»Zeit für ein Päuschen«, regte Frolow an.

»Ganz meine Meinung, Genosse«, pflichtete ihm sein Kamerad bei.

Am Fuß des Felsens spürten sie eine zwei Handbreit tiefe Kuhle auf, angefüllt mit Laub und einem halben Dutzend Eiern.

»Sind das dicke Dinger«, staunte Frolow.

Kusmin rieb sich den Bauch. »Die schmecken bestimmt besser als der Einheitsbrei, mit dem wir uns normalerweise begnügen müssen.«

»So ist es, so ist es. Aber wie sollen wir sie zubereiten? Wir haben keine Pfanne und wenn wir ein Feuer anzünden, verarbeitet uns die Genossin Politoffizier zu Hackfleisch.«

»Bei uns daheim in der Mongolei schlürfen wir rohe Eier aus. Das klappt bestimmt auch mit denen hier.«

Frolow kicherte. »Na, dann nichts wie ran an den Speck.«

Kusmin hob ein Ei auf, bohrte mit der Spitze seines Messers ein kleines Loch in die Schale, gab es Frolow und sagte: »Warte, bis ich auch so weit bin.« Dann verfuhr er mit einem zweiten Ei auf die gleiche Weise. »So und jetzt stoßen wir an. Na sdorówje, Brüderchen.«

Die zwei prosteten sich mit den Eiern zu, hoben sie vor ihre Gesichter und kippten sie so, dass ihnen nach einem kurzen Ansaugen das flüssige Eiweiß und der Dotter in die Kehlen rann.

Ein lautes Fauchen störte den Genuss. Als sie die Eier absetzten, sahen sie den Verursacher – es war eine der Kreaturen, die aus der Distanz wie Laufvögel gewirkt hatten.

Der kleine, zweibeinige Dinosaurier wog ungefähr fünfzehn bis zwanzig Kilogramm und erreichte eine Schulterhöhe, die gut zehn Zentimeter über den Knien der Rotarmisten lag. Sein Schädel war rosa und hinter dessen Ansatz umlief ein Ring aus einem imposanten braunen Gefieder den Hals. Was die zwei Rotarmisten nicht wussten, war, dass es sich um einen Velociraptor handelte. Aus hervorquellenden, grünen Augen funkelte der Theropode die Nesträuber zornig an. An seinem Rumpf und an den Beinen wuchs ein Flaum aus kleineren, weichen Federn. Die dreigliedrigen Greifhände endeten in schwarzen, gekrümmten Krallen, die in der Länge mindestens zehn Zentimeter maßen.

»Ich hab schon fetteren Mastgänsen den Garaus gemacht«, prahlte Kusmin und schmiss sein zur Hälfte geleertes Ei achtlos auf die Erde. Beim Aufprall zerplatzte die Schale und der restliche Inhalt verspritzte. »Ich dreh dir die Gurgel um, blödes Mistvieh. Was fällt dir ein, uns so frech anzufauchen?«, beschwerte er sich und rückte auf den Saurier vor.

Die Echse schnellte seinem ausgestreckten Arm entgegen und biss ihm mit Ausnahme des Daumens sämtliche Finger der rechten Hand ab. Kusmin starrte die blutigen Gliedmaßen entgeistert an. »Was … was …?«, stammelte er mit schriller Stimme.

Frolow schleuderte das Ei zur Seite, ergriff die Kalaschnikow, die am Trageriemen über seiner Schulter hing, brachte sie in Anschlag und feuerte eine Garbe auf das urweltliche Wesen ab. Die auftreffenden Projektile erzeugten rote Sprühnebel. Aufgrund der geringen Distanz, aus der sie abgeschossen wurden, durchschlugen die meisten den Körper des Sauriers, der stehenden

Fußes zusammensackte. »Schnell, wir müssen deine Hand verbinden.«

Dazu war es zu spät. Überall in den Sträuchern raschelte und fauchte es, als das gesamte Rudel der kleinen Raubsaurier wie eine Sturzflut auf die Soldaten losbrandete. Sie rissen Kusmin um und fraßen ihn bei lebendigem Leib. Frolow versuchte zu fliehen und den Felsen zu erklettern, doch seine Verfolger kannten keine Gnade. Sie verbissen sich in seinen Schenkeln und zerrten ihn nach unten. Als ihm einer der Angreifer in den Rücken sprang und sich dort mit seinen spitzen Krallen festklammerte, stürzte Frolow auf den Boden, wo ihm das gleiche, gnadenlose Schicksal wie seinem Kameraden blühte.

***

Am zweiten Tag nach der Entsendung des Spähtrupps zuckte Jekaterina Rachmaninowa zusammen, als sie Schüsse hörte – Schüsse, die eindeutig aus einer AK-47 abgegeben worden waren.

Frolow und Kusmin, diese Idioten. Jetzt wissen die Yankees, dass wir hier sind, dachte sie. *Das Überraschungsmoment können wir vergessen.*

Die Mundwinkel grimmig nach unten verzogen, bedeutete sie mit einem stummen Wink zwei Soldaten, die stehen geblieben waren und lauschten, weiterzugehen.

Später erhaschte Sorokin, der Führer des zweiten Zugs, aus dem Augenwinkel eine Bewegung am Himmel. Bei genauerem Hinsehen entdeckte er zwei Flugechsen. Mit den Vögeln der neuzeitlichen Erde hatten diese nur wenig gemein. Auf kräftigen, von Knochen umsäumten, steifen Flügeln, die wie Leder, das man auf einen Rahmen aufgespannt hatte, anmuteten, glitten sie durch die Luft. Fast konnte man meinen, es mit Segelflugzeugen zu tun zu haben. Der Zugführer schätzte ihre Spannweite auf zwei Meter. Statt Schnäbeln hatten sie langgestreckte Schnauzen; in ihren Mäulern blitzten bedrohlich scharfe Zähne.

Eine Kalaschnikow bellte und einer der Flugsaurier kreiselte getroffen zu Boden. Eine zweite Salve durchlöcherte die Schwingen der anderen Echse, woraufhin diese mit dem Geäst eines Baums kollidierte, sich darin verhedderte und schließlich ihr Leben aushauchte.

Mit hochrotem Hals und Wangen stapfte Rachmaninowa zu dem Mann, der die Nerven verloren und den Abzug seiner Waffe gedrückte hatte. Sie verpasste ihm rechts und links eine Ohrfeige.

Dann brüllt sie: »Jetzt kennen die Amerikaner nicht nur den Standort des Spähtrupps, sondern auch noch unseren eigenen. Falls unser Auftrag wegen Ihrer Unfähigkeit scheitert, können Sie sich schon jetzt darauf vorbereiten, Ihren Lebensabend zusammen mit Frolow und Kusmin bei harter Arbeit in Sibirien zu verbringen.«

Ohne ihm die Chance zu einer Rechtfertigung einzuräumen, fügte sie an alle gewandt hinzu: »Abmarsch! Sofort!«

***

Gegen Abend hatte das sowjetische Einsatzkommando den Sumpf fast umrundet. Es galt lediglich, noch einen Teich zu passieren, dann wäre es wieder auf der alten Route am Dschungelrand.

Die Soldaten marschierten in einer langgezogenen Reihe mit größeren Abständen am Ufer vorbei, da zersplitterte einer der umstehenden Bäume unter einem ohrenbetäubenden Knacken und kippte mitten zwischen die Marschkolonne. Plötzlich war die Sicht auf den gewaltigen Jäger frei, der dahinter auf Beute spekuliert hatte. Der Raubsaurier stand auf zwei kräftigen Hinterbeinen; seine Füße wiesen drei Zehen mit kaum gekrümmten Krallen auf. Auf seinem Rücken erhob sich vom Schädelende bis zur Schwanzwurzel ein gewaltiges, giftgrünes Hautsegel. Seine boshaften Augen waren leicht rötlich, ebenso die Backenpartien. Sein relativ schmaler Kopf maß in der Länge deutlich über drei Meter und ähnelte denen neuzeitlicher Krokodile. In seinem aufgerissenen Maul verkündeten mörderische, gerade zulaufende Zähne, deren Länge und Dicke einem menschlichen Unterarm glichen, Tod und Verderben. Mit ihren Augen, die in ungefähr sieben Metern Höhe thronten, musterte die Echse die Zweibeiner am Ufer. Zwar passten deren Aussehen und Geruch nicht in ihr übliches Beuteschema, dennoch schienen die fremdartigen Geschöpfe trotz ihrer moderaten Größe eine geeignete Zwischenmahlzeit abzugeben.

Bedächtig schritt der Saurier auf den freien Uferstreifen. Die Soldaten verharrten von seinem Anblick wie gebannt an Ort und Stelle. Keiner gab einen Schuss ab, denn alle fürchteten sich vor den Konsequenzen, die seitens der Politoffizierin den Verantwortlichen für eine solch unüberlegte Handlung in Aussicht gestellt worden waren.

Der gigantische Theropode hielt kurz vor einem der Soldaten an. Blitzartig stülpte das Ungeheuer sein Maul über den Mann. Die Kiefer umfassten ihn bis zu den Knien. Dann warf die Kreatur ihr Haupt in den Hals und schlang ihr Opfer unter Kontraktionen der Halsmuskelstränge herunter, ohne dabei zu kauen. Der Soldat bewegte unterdessen seine Beine vor und zurück, als hätte er die Chance, noch irgendwie vor dem Tod davonzurennen.

»Schießt, ihr Schwachköpfe!«, brüllte Rachmaninowa, zog die Pistole und eröffnete das Feuer.

Die Formation der Soldaten zerfiel in ein heilloses Durcheinander. Manche flüchteten in den Urwald, andere nahmen den Kampf mit dem Saurier auf. Der stets geistesgegenwärtige Sorokin verschoss aus seiner Kalaschnikow ein komplettes Magazin auf die Bestie, klinkte es aus und führte ein neues ein, nur um den Beschuss unermüdlich fortzusetzen.

Aufgrund der ungewohnten Situation geriet der Saurier in Panik und trampelte los. Er trat einem der fliehenden Soldaten auf die Beine, die anschließend wirkten, als sei eine Dampfwalze darüber hinweggerollt. Die unteren Extremitäten des Mannes hatten sich ab der Hälfte der Oberschenkel in einen matschigen Brei aus Fleisch, Muskeln, Gewebe und Knochenbruchstücken verwandelt, die weiß aus der amorphen Masse hervorlugten.

KAPITEL 12

Verborgen zwischen dem Blattwerk eines dichten Farns observierten Myers und Jones aus sicherer Entfernung den Vorbeimarsch der Russen am Teich neben dem Sumpfgebiet. Ihre Gesichter hatten die Amerikaner dick mit grüner und schwarzer Tarnfarbe eingeschmiert.

»Das ist das Gute an den Russen«, flüsterte Myers, »die agieren so auffällig, dass man wenigstens immer weiß, wo sie gerade sind.«

Jones kicherte. »Uns kann das nur recht sein. So haben wir …«

Das brachiale Splittern von Holz ließ den Private in seiner Ausführung stocken.

Ein Baum knickte um und krachte auf den Uferstreifen. Der Dschungel dahinter entpuppte sich als Versteck für einen riesigen Beutegreifer.

»Was zur Hölle?«, stieß Jones mit heiserer Stimme aus.

Als der Saurier einen der Sowjets verschlang, meinte Myers zynisch: »Einer weniger heißt weniger Arbeit für uns.«

Dann brach bei den Russen die Hölle los. In einem Inferno aus Schreien und Schüssen verloren sie jede Ordnung und flohen teils ungeordnet in den Urwald.

»Das ist unsere Chance«, erkannte der Colonel. »Jones, Sie halten sich in Teichnähe und verwickeln den Feind zur Ablenkung in kurze Feuergefechte. Ich schlage einen Bogen und kümmere mich um die Versprengten.«

»Ähm … wir sind nur zu zweit und die sind mehr als zwanzig Mann. Wie sollen wir eine solche Übermacht ausschalten?«

»Nur keine falsche Bescheidenheit, das schaffen wir locker. Beschäftigen Sie den Haupttrupp und ich erledige den Rest. Bis es dunkel wird, haben wir die Russen ordentlich dezimiert. Dann igeln wir uns irgendwo ein und morgen früh gehen wir zu Doktor Blair und Olsen zurück.« Breit grinsend klopfte Myers seinem Untergebenen zur Aufmunterung auf die Schulter und verschwand grußlos im Unterholz.

Es heißt ja immer, der alte Fuchs sei irre, sinnierte dieser. *Jetzt habe ich endlich kapiert, wie er sich diesen Ruf eingehandelt hat. Seine Augen haben geglänzt wie bei einem Kind kurz vor der Weihnachtsbescherung.*

***

Myers freute sich diebisch auf das anstehende Gefecht. Hier konnte er sein, was er mit jeder Faser seines Körpers war – ein echter Krieger. Nur hier konnte er die Demütigung vergessen, die es für ihn bedeutet hatte, im Garten und im Haushalt zu schuften, während seine Frau im Schnellrestaurant idiotische Gäste bedienen musste. Für häusliche Tätigkeiten war er einfach nicht geboren worden – ganz im Gegensatz zu dem, was nun kommen würde.

Er fühlte, wie er eins mit dem Dschungel wurde und lautlos mit den Silhouetten von Bäumen und Sträuchern verschmolz. Mit dem Daumen prüfte er die Schärfe seines Bowiemessers. *Perfekt,* freute er sich in Gedanken, *wie hätte es auch anders sein sollen?*

***

Die Aussicht, allein einen überlegenen Gegner zu attackieren, erzeugte bei Jones Bauchschmerzen, aber Befehl ist Befehl, das hatte er vom ersten Tag seiner Grundausbildung an verinnerlicht. Also fügte er sich der Anordnung.

Während der Saurier im Kugelhagel in den Dschungel floh, pirschte Jones dichter an den Feind heran, bis er eine gut gedeckte Stellung hinter einem Felsbrocken bezog. Die Entfernung und das Schussfeld waren perfekt, um die Russen aufs Korn zu nehmen. Mit zwei kurz nacheinander abgefeuerten Schüssen holte er zwei

Mann, die sich auf der gleichen Seite des umgestürzten Baums wie er selbst befanden, von den Beinen.

Die Sowjets verschanzten sich schnell hinter dem Baumstamm und erwiderten das Feuer fast punktgenau. Die Projektile pfiffen knapp an Jones vorbei, eines schlug im Felsen ein, sodass ihm Steinsplitter um die Ohren flogen. Wegen der überlegenen Feuerkraft der Russen musste er den Kopf hinter dem Felsen lassen und konnte nicht mehr genau zielen; dennoch schoss er in regelmäßigen Abständen blind in ihre Richtung. Seine Schüsse blieben in ihrer Deckung aus Holz stecken, aber er verhinderte damit ein direktes Vorrücken des Gegners auf seine Position.

Natürlich war ihm bewusst, dass die Sowjets mehrere Männer im Schutz der Vegetation abseits des Ufers losschicken würden, um ihn von der Seite oder von hinten zu attackieren und zu eliminieren. Aufgrund des Gefechtslärms würde er sie erst spät hören können – vielleicht zu spät.

Jones wartete eine Weile ab, dann zog er den Sicherungsstift einer Eierhandgranate und schleuderte sie auf Verdacht in das Dickicht.

Die Explosion wirbelte mit einem dumpfen Knall Erde, Äste und Laub auf. In ihrer unmittelbaren Nähe erschollen Flüche und das aufgeregte Geschrei mehrerer Männer. Jones nutzte das Chaos zum Rückzug und hechtete etwa zwanzig Meter von dem Felsen, hinter dem er sich befunden hatte, in eine Bodenmulde.

Die Russen drangen nun mit einem Sturmangriff auf seine frühere Stellung vor. Zu viert brachen sie aus dem Unterholz und belegten dabei den Felsbrocken aus Maschinenpistolen mit Dauerfeuer. Als sie diesen erreicht hatten und feststellten, dass der GI verschwunden war, schleuderte Jones eine zweite Handgranate. Diesmal erzielte er einen Wirkungstreffer. Nach der Detonation lagen seine Feinde am Boden. Drei von ihnen rührten sich nicht mehr, der Vierte wand sich – gespickt mit Schrapnellen – unter Schmerzen und jammerte leise.

***

Guter Mann, dachte Myers, als am Ufer Schüsse die Luft zerrissen. *Ich wusste, dass ich auf Jones zählen kann.*

»Dich brauche ich nicht«, wisperte er, versteckte seine M16 in einem Gebüsch und bedeckte sie mit grünen Zweigen, ehe er weiter in den Dschungel vordrang.

Vor ihm wippten Farne hin und her. Die Trittgeräusche des Verursachers stammten eindeutig von einem Menschen. Myers klatschte leise in die Hände. Die Bewegungen verebbten. Myers klatschte erneut. Nun steuerte der Russe auf ihn zu, in der Hoffnung, einen anderen versprengten Kameraden entdeckt zu haben, der sich ihm unauffällig zu erkennen geben wollte. Ein fataler Irrtum. Myers verharrte reglos bis der Sowjet ihn passiert hatte, sprang auf und stülpte ihm von hinten einen Draht über den Kopf, mit dem er ihn erwürgte.

Dann schlich der Colonel – nun ganz in seinem Element – weiter durch das Unterholz. Nach den Detonationen der Granaten und einem letzten Schuss lag Stille auf dem Urwald. Myers hörte ein leises Gespräch auf Russisch und schlich auf die Quelle zu. Unter einer Kiefer saßen zwei Sowjets, die anscheinend berieten, ob sie zum Haupttrupp zurückkehren sollten, jetzt, da das Feuergefecht beendet und keine Lebenszeichen des Sauriers mehr auszumachen waren. Unvorsichtigerweise wiegten sie sich in Sicherheit.

Das Blickfeld schrumpfte unter dem Adrenalin und Testosteron, das im Körper des Colonels aufwallte, zu einem schmalen Korridor, in dessen Zentrum er ungewöhnlich scharf sah. An den Rändern verschwamm die Umgebung.

Dieses Phänomen der Fixierung auf den Kampf kennen Krieger seit alters her, sinnierte Myers. *Und es hilft ihnen, den Sieg davonzutragen.*

Er pirschte im Rücken der beiden Feinde an sie heran. Einer von ihnen nickte gerade zur Bestätigung dessen, was der andere gesagt hatte. Da schnellte Myers vor, packte den, der gerade genickt hatte, am Unterkiefer, bog dessen Kopf in den Nacken, riss ihn in einer einzigen, fließenden Bewegung von seiner sitzenden Position in den Stand und drehte ihn so, dass die Vorderseite seines Körpers zu dem zweiten Russen zeigte. Mit einem blitzartigen Schnitt durchtrennte er ihm die Halsschlagader.

Entsetzt fuhr der andere Rotarmist in die Höhe und zielte mit der Kalaschnikow auf Myers, der den sterbenden Soldaten wie einen Schild vor sich hielt.

Mit aller Kraft schubste Myers seine röchelnde Geisel auf den verbliebenen Feind, der unter der Wucht des Aufpralls schwankte und vom Gewicht des Kameraden zu Boden gedrückt wurde. Der Colonel warf sich neben den beiden auf die Erde; und da er aus seiner Position den Hals des unverletzten Russen mit dem Bowie-Messer nicht erreichen konnte, stach er wie manisch in die Bauchhöhe auf dessen Flanke ein, bis er ihn eliminiert hatte.

***

Zwar hatte der verwundete Rotarmist bei der Granatexplosion seine Waffe verloren, zur Sicherheit schaltete ihn Jones aber mit einem einzigen Schuss endgültig aus. Dann stand er auf und verließ die Erdmulde, um sich auf die Suche nach einer neuen günstigen Position zu begeben, von der aus er den Feind bekämpfen konnte. Nachdem er einige Meter vorgerückt war, wäre er fast vor Schreck zusammengezuckt, als er einen Knall aus nächster Nähe hörte. Doch dazu kam es nicht mehr, denn er verspürte einen stechenden Schmerz an der Schläfe, ihm wurde schwarz vor Augen und er sackte zusammen.

Grimmig grinsend trat Sorokin aus dem Schatten des Baums, hinter dem er geduldig auf sein Opfer gelauert hatte, und schob seine Makarow ins Holster. Die vollständig aus Stahl gefräste Selbstladepistole war leicht und zuverlässig. Die Standardwaffe der Roten Armee hatte ein Magazin mit acht Patronen des Kalibers 9 x 18 Millimeter. Den leichten Rechtsdrall der daraus abgefeuerten Kugeln kalkulierten gute Schützen wie Sorokin mit ein, sodass sie dennoch mit hoher Genauigkeit ihr anvisiertes Ziel trafen.

Der Unteroffizier blickte auf die Leiche des Amerikaners zu seinen Füßen. Aus der Einschusswunde an deren Schläfe sickerte Blut und Gehirnmasse.

Das Ablenkungsmanöver mit dem Sturmangriff hat sich hoffentlich gelohnt, sagte sich der russische Unteroffizier zynisch. *Der Preis für diesen Erfolg war verdammt hoch.*

***

Auf der Suche nach weiteren Feinden stolperte Myers zufällig über den Ort, an den sich der Saurier, der über die Russen hergefallen war, zum Sterben davongestohlen hatte. Der Gigant blutete aus zahllosen Wunden, insbesondere am Schädel und am Nacken, an denen er rund drei Dutzend Treffer aus Pistolen, Maschinenpistolen und Sturmgewehren eingefangen hatte. Er atmete schwer und pfeifend. Außer der Schwanzspitze, die er gelegentlich kraftlos hin und her schob, lag er still. Seine Augenlider hatten sich zur Hälfte über die eingetrübten Pupillen gesenkt.

Der Kamerad ist fertig, konstatierte Myers, dem das Leiden des Tiers stärker an die Nieren ging als alles, was

Menschen sich im Krieg gegenseitig zufügten. *Vielleicht ist er der Letzte seiner Art und jetzt krepiert er hier und heute, wegen der verfluchten kommunistischen Pest. Aber ich werde sie aufhalten. Die werden mich noch richtig kennenlernen, dann wissen sie, was es heißt, sich mit einem Winston Myers anzulegen.*

Wie aus heiterem Himmel riss der Saurier die Augen auf und stemmte sich unter Aufbietung seiner letzten Kraftreserven abrupt auf die Beine. Sein Blick klarte auf und er starrte Myers böse an.

Auch wenn das urzeitliche Geschöpf aussah, als würde es sofort wieder zusammenbrechen, durfte Myers es trotz seines Mitleids mit der Kreatur nicht riskieren, von ihr verletzt oder gar getötet zu werden. Er musste schlucken, entsicherte eine Granate und warf sie mit so perfektem Timing, dass sie genau auf Brusthöhe des Sauriers detonierte. Die Explosion riss einen der beiden Greifarme aus dem Leib des Theropoden. Das Körperteil flog knapp an Myers vorbei, der sich nach dem Abwurf zu Boden geworfen hatte.

Als der Colonel den Blick hob, sah er den leblosen Kadaver des gewaltigen Jägers. In seiner Brust klaffte ein qualmendes Loch, das bis zu seinem Oberbauch reichte, aus dem zerfetzte Eingeweide hervorquollen.

Scheiße, jetzt habe ich den Russen verraten, wo ich bin, dachte Myers. *Zeit für einen kleinen taktischen Rückzug.*

***

Myers schlich zum Versteck seines Sturmgewehrs und holte es unter den Zweigen und Farnwedeln hervor. Die einsetzende Dämmerung tauchte die Ökosphäre in ein Zwielicht, deshalb beschloss der Colonel, die Nacht an seinem aktuellen Standort zu verbringen und am nächsten Tag nach Jones zu suchen. Allmählich machte der Colonel sich Sorgen um seinen Untergebenen, da dieser schon seit Stunden keinen Schuss mehr abgegeben hatte. Sobald er ihn aufgespürt hatte, würden sie zusammen zu den Zivilisten zurückkehren, um sicherzustellen, dass sie keinen Unfug trieben. Denn dazu war seiner Meinung nach jeder, der nicht zum Militär gehörte, zu jeder Zeit fähig. Außerdem musste er dringend neue Energie schöpfen, bevor es zu dem zweiten, finalen Aufeinandertreffen mit dem bereits deutlich geschwächten Feind kam. Um sich wachzuhalten, schluckte er zu jeder vollen Stunde zwei Coffeintabletten.

Er tat die ganze Nacht kein Auge zu, stets darauf bedacht, herumschleichende Kommunisten früh zu entdecken und abzuwehren. Nach einer Weile erklang das dezente Plätschern fallender Wassertropfen, das sich allmählich zu einem heftigen Regenguss steigerte, der erst kurz vor dem Morgengrauen verebbte.

Als es hell wurde, ging Myers zum Uferstreifen. Die Sowjets waren inzwischen abgezogen. Er folgte den Spuren der vier Männer, die gestern ins Unterholz vorgedrungen waren, passierte die Einschlagstelle von Jones erster Granate und fand schließlich seinen toten

Untergebenen. Der Regen hatte die Tarnfarbe größtenteils aus dem Gesicht des Toten gewaschen. Seine starre Miene wirkte, als seien seine Züge aus Wachs modelliert. Der Colonel schloss die Lider der weit aufgerissenen Augen der Leiche sanft mit einer Wischbewegung seines Daumens.

Myers atmete tief durch und schickte ein kurzes Gebet für den Gefallenen zum Himmel. Dann räusperte er sich, zerbrach die Hundemarke am Hals der Leiche und dachte: *Da du im Gefecht dein Leben lassen musstest, kann ich dich nicht in Ehren bestatten, wie deinen Kumpel Schumann. Ich verspreche dir, es nachzuholen, sobald ich mit den Kommunisten abgerechnet habe. Eine Beförderung posthum ist dir sicher. Darauf gebe ich dir mein Ehrenwort.*

***

Zurück am Hügel, in dem sich Blair und Olsen verbargen, pfiff Myers dreimal wie abgesprochen. Nach einer Pause ertönten vier Pfiffe zur Bestätigung, dass er gehört worden war. Mit zwei Pfiffen signalisierte er, dass er den Eingang der Höhle umgehend betreten würde.

Ich brauche dringend eine ordentliche Mütze Schlaf, sagte er sich erschöpft. Inzwischen mangelte es ihm an Konzentration. Falls er in diesem Zustand dem Gegner in die Hände geriet, wäre er verloren. Die durchwachte Nacht und das gestrige Gefecht steckten ihm schwer in den Knochen. Der Kampfeinsatz hatte von seinem

Körper und Geist das Letzte abverlangt. Er musste gähnen.

In der Höhle regte sich seltsamerweise nichts und niemand. Nach zwei Schritten in die Dunkelheit fühlte er den kalten Stahl einer Pistolenmündung am Hinterkopf.

»Waffe fallen lassen und Hände hoch«, zischte jemand heißer in seinem Rücken.

KAPITEL 13

Mark MacNeil spähte über die Kante des Einschlagskraters. Weit und breit rührte sich nichts. Er kletterte nach oben und schon rannte ihm Kenai schwanzwedelnd entgegen. Der Leitrüde schmiegte sich an die Beine seines Herrchens. Glücklich über das Wiedersehen streichelte MacNeil seinen besten Freund.

Ein gutes Stück den Abhang hinab kontrastierten zwei graue Schemen stark mit dem allumfassenden Weiß der Landschaft – die beiden Schneemobile der Sowjets. Während sich der Rest des Hunderudels zu MacNeil gesellte, marschierte er auf die Fahrzeuge zu, um sie genauer unter die Lupe zu nehmen. Ringsum konnte er außer sich selbst keinen anderen Menschen ausmachen. Am ersten Charkowtschanka prüfte er die äußere Schleusentür am Heck auf eine Verriegelung. Er fand sie offen, ebenso wie die innere Schleuse, die den

Weg in den Mannschaftsraum des Fahrzeugs freigab. MacNeil verließ das Schneemobil, um von außen in die Fahrerkabine zu gelangen. Als er sich einige Schritte von der Schleuse entfernt hatte, um das Fahrzeug zu umrunden, hörte er einen dumpfen, vom Schnee gedämpften Aufschlag in seinem Rücken. Jemand brüllte mit einem derben, russischen Akzent auf Englisch »Hände hoch«, ehe es MacNeil gelang sich nach hinten umzudrehen. Über seine Schulter sah er den sowjetischen Soldaten mit der Maschinenpistole im Anschlag, der auf dem Dach gelauert und auf die Gelegenheit gewartet hatte, ihn auf dem falschen Fuß zu erwischen.

Scheiße, jetzt bin ich echt im Arsch, durchzuckte es MacNeil.

Der Soldat kam näher, um ihn von hinten auf verborgene Waffen abzutasten und um ihn danach zu fesseln.

Plötzlich segelte eine grau-weiße Silhouette durch die Luft und riss den Russen von den Beinen. Er schrie vor Schmerz und betätigte im Fallen den Abzug. Die abgefeuerte Salve pfiff, ohne Schaden zu verursachen, in den Polarhimmel.

MacNeil wirbelte auf dem Absatz herum. Kenai hatte sich im Unterarm des Rotarmisten verbissen und ließ nicht locker. Der rücklings auf dem Boden liegende Mann versuchte, die Waffe mit der freien Hand auf den Hund zu richten, doch da war MacNeil schon bei ihm, rang ihm die Maschinenpistole mit roher Gewalt aus den Fingern und setzte sich auf seinen Bauch.

Kenai schien zu glauben, sein zweibeiniger Freund hätte die Situation im Griff, da er obenauf war, und gab den Soldaten frei. Dessen Hände schossen in die Höhe, umfassten MacNeils Kehle und drückten gnadenlos zu. Zugleich stemmte er die Hüfte ruckartig hoch, um den Hundeführer abzuwerfen – doch dieser Versuch war vergeblich. Stattdessen kippten die Kontrahenten nach rechts und rollten ineinander verschlungen über den Schnee. Nun hatte der Russe die Oberhand gewonnen, hockte auf MacNeils Bauch und drückte ihm die Gurgel immer fester zu, in der Absicht ihn schnellstmöglich zu erwürgen. Aus MacNeils Mund quoll ein krankhaft klingendes Röcheln und mit letztem Einsatz rollte er auf die Seite, sodass die beiden Männer nebeneinander lagen. MacNeil gab den Versuch, den Griff seines Feindes um seinen Hals zu lockern, auf und drückte stattdessen das Gesicht des Manns in den Schnee. Ohne vernünftig atmen zu können und bedingt durch die Bissverletzung am Unterarm, versiegte die Kraft des Soldaten rasch. Zudem beteiligte sich Kenai wieder am Kampf und schnappte immer wieder in die schutzlosen Beine des Rotarmisten. Dessen Finger erschlafften und MacNeil presste sein Gesicht so lange in den Schnee, bis er sich sicher sein konnte, ihn erledigt zu haben.

MacNeil saß schwer atmend im Schnee. Sein Puls war so hoch, dass er fürchtete, es werde ihm den Brustkorb zerfetzen. Mit einem sanften Tätscheln bedankte er sich bei Kenai, denn ohne die Unterstützung des treuen

Vierbeiners hätte er keine Chance gehabt, der Falle zu entkommen.

Wieder bei Kräften, und nun mit einer Maschinenpistole bewaffnet, inspizierte MacNeil das zweite Schneemobil. Dankenswerterweise hatten die Sowjets nur einen Mann zur Bewachung der Fahrzeuge postiert.

Wie zuvor bei dem Kampf auf Leben und Tod funktionierte der Hundeführer noch immer wie eine Maschine. Er aß und trank eine Kleinigkeit und fütterte sein Rudel. Die Schlitten und die Ausrüstung des US-Teams waren unberührt – sei es, weil die Sowjets in Eile gewesen waren oder weil sie geglaubt hatten, dadurch der von ihnen gestellten Falle größere Authentizität zu verleihen.

Nun galt es, die Ankunft seines restlichen Teams abzuwarten. Da die Sowjets nur mit zwei Kettenfahrzeugen aufgetaucht waren, konnte ihr Trupp nicht allzu groß sein, sodass der Colonel und seine Leute eine realistische Chance haben sollten, ihnen zu entkommen. Wahrscheinlich würden sie schon bald hier sein.

Die Zeit verstrich zäh wie Kaugummi und in MacNeils Verstand fing es an zu arbeiten. Seine Gedanken rotierten. Was hatte er bloß getan? Nie wieder wollte er für den Tod eines Menschen verantwortlich sein, doch gerade eben hatte er erneut einen Menschen getötet. Diesmal jedoch nicht durch Unterlassung und der Tote war auch nicht bei einem Unfall ums Leben gekommen. Er hatte den Russen mit bloßen Händen ins Jenseits befördert. MacNeil musste heftig schlucken. Wie sollte er mit dieser Schuld leben?

Andererseits hatte der Mann ihm ebenfalls nach dem Leben getrachtet und war es nicht das Recht eines jeden Menschen, sich zu wehren? Wenn es sein musste, sogar mit allen Mitteln und allen Konsequenzen? Hätte er nicht getan, was er getan hatte, läge er jetzt vielleicht selbst als Leiche im Schnee. Oder er wäre gefangen genommen worden, und die Russen hatten den Ruf, mit Feinden, die in ihre Fänge gerieten, alles andere als zimperlich umzugehen.

So schwer ihm die Last seiner Tat auch auf der Seele lasten mochte, er hatte richtig gehandelt und – egal, wie er es drehte und wendete – er musste sich nicht dafür schämen.

MacNeil lächelte schief und kraulte Kenais Nacken. Die Ankunft seiner Gefährten ließ derweil weiter auf sich warten.

Nach all dem Stress und der Anspannung auf dem Weg hierher und dem anschließenden Kampf, hatte MacNeil durch das Warten nach langer Zeit endlich wieder die Muse, über das große Ganze der Expedition zu reflektieren. Was würde passieren, wenn das Militär die Technologie der Außerirdischen in die Gewalt bekam? Würde es diese Macht mit Bedacht nutzen oder würde es sich dazu verleiten lassen, im Bewusstsein der eigenen Überlegenheit, den dritten Weltkrieg vom Zaun brechen? Falls sie in ihrem Größenwahn und ihrer Skrupellosigkeit diesen fürchterlichen Fehler begingen, würde das dabei entfachte Feuer wahrscheinlich nicht nur die USA und Russland verschlingen, sondern den gesamten Globus. Ein solcher Weltenbrand vermochte das Ende der Menschheit einzuläuten.

Und was sollte aus den urzeitlichen Tieren der Ökosphäre werden? Wenn er das Hauptquartier benachrichtigte, wäre es um ihr bisheriges Dasein fraglos geschehen, und statt frei zu existieren, würden Wissenschaftler sie zu Studienobjekten in Laboren degradieren. Allein das wollte und konnte MacNeil nicht zulassen, falls er die Chance dazu hätte.

Mit grimmiger Miene stand er auf, stapfte zu den Schlitten und öffnete Myers Waffenkiste. Neben Unmengen an Sprengstoff fand er darin eine Remington Pumpgun Modell 870. Genau das Richtige! Er lud sie mit Patronen, die Schrotkugeln vom Durchmesser 8,5 Millimeter enthielten. Damit hatten die Geschosse eine enorme Vernichtungskraft.

Dann legte er die Pumpgun wieder in die Kiste, schnallte das Funkgerät vom Schlitten ab und schleppte das unförmige Ding zehn Meter weit in den Schnee. Zurück am Schlitten nahm er die Waffe und ging ein kleines Stück auf das Funkgerät zu. Er feuerte die Remington dreimal ab. Als die Schrotkugeln einschlugen, stoben Funken aus dem Kurzwellengerät auf und kleinere Trümmer und Einzelteile flogen durch die Gegend. Befriedigt lief er zum Ziel der Schüsse und trat wutschnaubend gegen den zerstörten, technischen

Apparat. Mit dem zurückbleibenden Schrotthaufen würde niemand mehr das Hauptquartier informieren – weder Myers noch sonst jemand.

Nur, wie sollte er Myers seine Entscheidung beibringen? Vielleicht konnte er Amanda überreden, den Colonel zu umgarnen und sein Vorhaben zu decken. Wenn jemand die Chance dazu hatte, dann die attraktive Biologin. Aber um ehrlich zu sein, wusste der Hundeführer nicht einmal, ob Amanda und Olsen seinen Plan, die Entdeckung der Ökosphäre um jeden Preis zu verheimlichen, billigten. So unklar die Zukunft sein mochte, eines war gewiss: Er hatte sich eine Menge Ärger eingehandelt. Der Colonel hasste ihn jetzt schon, was zugegebenermaßen auf Gegenseitigkeit beruhte, und die Missachtung seiner Anweisung und die Vernichtung des Funkgeräts würden die angespannte Situation verschärfen. Zumindest hatte MacNeil noch Zeit bis zu ihrem erneuten Zusammentreffen, um eine wirksame Strategie für den drohenden Konflikt zu entwickeln.

Also setzte er sich auf einen der Schlitten und grübelte nach. Der Anblick der Leiche des sowjetischen Soldaten beraubte ihn der Konzentration auf das Eigentliche. Immer wieder suchten seine Augen den Toten, bis er dessen Anblick nicht mehr ertragen konnte. MacNeil seufzte, wickelte die Leiche in eine Decke ein und bedeckte sie mit Schnee. Nun konnte er besser nachdenken. Auf eine andere Idee, als Amanda für seinen Plan einzuspannen, kam er dennoch nicht.

Allmählich verblich das letzte Licht der untergehenden Sonne. MacNeil begab sich für die Nacht in eines der Schneemobile. Kenai und Tinkerbell leisteten ihm dabei Gesellschaft. Vorsorglich verriegelte er die Tür von innen, für den Fall, dass die Russen in der Dunkelheit an die Oberfläche zurückkehrten.

Am nächsten Morgen war weiterhin kein Zeichen von Myers, Jones, Amanda und Olsen zu sehen. Langsam kam ihm die Sache suspekt vor. Unruhig wie ein Tiger im Zoo streunte er in einer Dauerschleife im Kreis durch den Schnee. Wenn es keine Schwierigkeiten mit dem sowjetischen Kommando gegeben hätte, hätten die anderen längst bei ihm sein müssen. Kurzentschlossen frischte MacNeil seine Vorräte an Wasser und Nahrungsmitteln auf und stopfte seine Taschen mit Patronen für die Pumpgun voll. Es schien, als sollte es seine Aufgabe sein, dem überfälligen Rest des US-Teams aus der Patsche zu helfen. Hoffentlich waren sie nicht in Gefangenschaft geraten. Das wäre neben ihrem Tod die schlimmste, vorstellbare Option.

Nachdem er die Hunde gefüttert hatte, trat er zu allem entschlossen den Rückweg nach unten an. Ohne den Umweg durch den Dschungel und über die Geröllebene, konnte er es auf der Grasebene mit nur einer Übernachtung schaffen, an den Ort zurückzukehren, an dem er sich von seinen Mitstreitern getrennt hatte. Hoffentlich kam er nicht zu spät.

KAPITEL 14

»Und jetzt Olsen, gehst du zu Colonel Myers rüber und nimmst ihm das Messer und die Pistole ab. Danach öffnest du seinen Gürtel und ziehst seine Hose bis zu den Knöcheln runter. Bitte ohne die Unterhose. Diesen Anblick möchte ich uns ersparen. Sobald ich Bescheid gebe, verschränkt er langsam die Hände hinter dem Rücken und du wirst ihn an den Handgelenken fesseln.«

»Ma'am«, flüstere Myers mit flehender Stimme.

»Kein Ma'am. Mund halten und tun, was ich sage. Das kennen Sie doch von der Army.«

In Myers tobte ein Gedankenorkan. Olsen, diesem verkappten Kommunistenfreund hätte er eine derartige Hinterhältigkeit jederzeit zugetraut. Aber Doktor Blair? Dieser jungen Frau, die einen so rechtschaffenen Eindruck bei ihm hinterlassen hatte – von ihr hätte er so etwas nie und nimmer erwartet.

Als Olsen ihn gefesselt hatte, überprüfte die Verräterin den Sitz der Fessel, ehe sie ihn ohne viel Federlesens zu Boden stieß, wo er nun mit dem Rücken an die Wand gelehnt dasaß. Myers fühlte sich wieder genauso hilflos wie im Sanatorium. Alles wurde plötzlich so konfus. Was war Vergangenheit und was Gegenwart?

Plötzlich wurde Amanda freundlicher und bot ihm etwas zu trinken aus der Feldflasche an. Sein Mund war staubtrocken und er trank gierig. Dann verschwand sie aus der Höhle. Nach etwa zwanzig Minuten ergriff eine tiefe Müdigkeit Besitz von Myers. Kurz bevor er einschlief, kam die Biologin zurück und stellte ihm Fragen über das Gefecht mit den Russen und den Verbleib von Jones.

Im Gegenzug beantwortete sie seine Frage nach dem Dinosaurier, dessen trauriges Schicksal noch immer an ihm nagte.

»Spinosaurus. Das war ein Spinosaurus. Es wäre wirklich traurig, wenn es sich bei ihm tatsächlich um den Letzten seiner Art gehandelt hätte.«

Dann dämmerte der Colonel weg.

Die Biologin kramte aus einem der Rucksäcke die Leuchtpistole hervor und schoss eine Kugel, die in einem grünen Feuerball explodierte, in den Himmel. Ganz so, wie es ihr der Verbindungsmann des KGB vor ihrer Abreise in die Antarktis aufgetragen hatte.

Amanda seufzte. Sie hatte eine Feldflasche voll mit Flusswasser, das sie chemisch gereinigt und von Bakterien befreit hatte, mit einer Dosis Librium versetzt. Das Benzodiazepin würde dafür sorgen, dass der Colonel einige Stunden schlummerte. Optimalerweise hielt die Wirkung bis zum Eintreffen der Sowjets an.

Wie sie mit dem Colonel verfahren war, schmeckte ihr gar nicht, da es ihrem Weltbild und ihrer Vorstellung von sich selbst fundamental widersprach.

Ich darf mich nicht von Zweifeln überwältigen lassen, ermahnte sie sich selbst.

Sie setzte sich vor den Eingang der Höhle und ihre Gedanken schweiften zu den Ereignissen, die sie zu ihrem Tun inspiriert hatten. Als Olsen ihr ein Gespräch aufdrängen wollte, bat sie ihn, zu schweigen, und schickte ihn weg. Ihre Gedanken drifteten in die Vergangenheit ab.

***

Sie hatte Rodrigo in einem Seminar zur Röntgendiagnostik kennengelernt. Zuerst hatte sie den jungen Mann, der ein stark akzentuiertes Englisch sprach, alles andere als sympathisch gefunden. Während er Anschluss an die Gruppe suchte, wurde er instinktiv von den anderen gemieden.

Unwillkürlich hatte sie angefangen, ihn zu beobachten. Obwohl er im Rahmen eines Stipendiums an der Hochschule studierte, erbrachte er nur durchschnittliche Leistungen. Als er gegen Ende des Semesters für fünf Wochen in den Vorlesungen fehlte, stellte sie fest, dass sie ihn auf gewisse Weise vermisste, und dieses Gefühl irritierte sie.

Plötzlich tauchte er im nächsten Semester wieder auf, als sei er nie verschwunden gewesen.

Amanda entdeckte ihn tags darauf allein an einem Tisch sitzend in einem Café außerhalb des Campus. Sie setzte sich zu ihm und im Laufe des darauffolgenden Gesprächs lernte sie ihren Kommilitonen von einer neuen, bis dahin unbekannten Seite kennen: Als einen Menschen, der mitreißend erzählen konnte und sich für revolutionäre Ideen begeisterte. Sie unterhielten sich so lange, bis das Café schloss und verabredeten sich für den nächsten Tag zum gemeinsamen Mittagessen in der Mensa.

Schon bald folgten weitere Treffen, bei denen Rodrigo sich als überaus belesen und kunstbegeistert entpuppte. Zudem war er ein begnadeter Tänzer, der Amanda in die Welt der lateinamerikanischen Tänze entführte.

Vor dem Semesterende tauchte er jedoch wieder spurlos ab, ohne eine erklärende Nachricht für seine Geliebte zu hinterlassen.

Erst in der zweiten Ferienwoche erhielt Amanda einen Expressbrief von ihm, in dem er sie bat, ihn in seiner Heimat Guatemala zu besuchen und seine Familie kennenzulernen, über die er sich bisher weitgehend ausgeschwiegen hatte. Dem Schreiben lag ein Flugticket bei.

***

Rodrigo holte sie in einem nagelneuen Mercedes-Benz am Flughafen ab. Seine Familie besaß ein prächtiges, blendend weißes Haus, zu dem eine riesige Bananenplantage gehörte. Als Sohn eines Großgrundbesitzers hatte er hier bereits in jungen Jahren soziale Ungerechtigkeit kennengelernt. Seine Eltern betrachteten die Einheimischen als billige Arbeitskräfte, über die sie nach Belieben verfügen konnten, und deren Bedürfnisse und Gesundheit ihnen wenig galten.

Bei Rodrigo waren die Lehren von Marx und Engels auf fruchtbaren Boden gefallen, und während seines Studiums in den USA hatte er Kontakte zu Gleichgesinnten in seiner Heimat geknüpft. Seltsamerweise schien er kein Problem damit zu haben, sein privilegiertes Leben mit seinen Träumereien von einer gerechteren Gesellschaft in Einklang zu bringen. Im Grunde genommen bekämpfte er all das, wofür seine eigene Familie stand.

Während Amanda sich auf den verschwenderischen Festen meist deplatziert fühlte, zu denen er sie mitnahm, bewegte er sich in der Gesellschaft der Reichen und Schönen mit schlafwandlerischer Sicherheit. Während der beiden Wochen, in denen die beiden sich als vielversprechendes junges Paar präsentierten, hatte sie jedoch immer wieder das Gefühl, dass Rodrigo ihr etwas Wichtiges vorenthielt. Von Zeit zu Zeit entschuldigte er sich, um geflüsterte Telefonate zu führen.

»Ich schlage sie mit ihren eigenen Mitteln«, sagte er entschuldigend, als sie ihm bezüglich des Konflikts zwischen seinem Privatleben und seinen politischen Träumen auf den Zahn fühlte.

Dass er etwas plante, bestätigte sich, als sie eines Abends ihren Besuch auf einem Empfang des Landwirtschaftsministeriums abbrachen. Rodrigo ergriff einfach ihre Hand und zerrte Amanda ins Freie. Während der Veranstaltung hatte er immer wieder nervös auf die Uhr geschielt, als habe er noch einen wichtigen Termin.

Ihre Fragen nach seinem seltsamen Verhalten beantwortete er mit einem lapidaren: »Nicht hier, wo uns jeder hören kann.« Sogar als sie im Wagen saßen, wurde er nicht konkreter. Wo wollte er mitten in der Nacht mit ihr hin, und warum tat er so geheimnisvoll?

Amanda bemerkte bald, dass sie nicht in die Richtung zurückfuhren, aus der sie gekommen waren. Ihr Ziel schien außerhalb der Stadt zu liegen, im Dschungel, der bald beiderseits der Straße in den Nachthimmel aufragte.

»Unter deinem Sitz findest du passende Kleidung. Zieh dich schon mal um«, raunte Rodrigo ihr zu. Als sie seiner Aufforderung nachkam, ertastete sie Tarnkleidung und Stiefel.

»Was hat das zu bedeuten, Rodrigo?«, fragte sie verärgert.

»Ich möchte dich mit ein paar Freunden bekanntmachen. Wir feiern eine Party mit großem Feuerwerk.« Die Art und Weise, wie er das sagte, beunruhigte sie. Er klang grimmig. So kannte sie ihn nicht.

Die Straße gabelte sich mehrere Male, und Amanda fragte sich, wie Rodrigo sich in der Dunkelheit zurechtfinden konnte?

Plötzlich wich der Dschungel einer Lichtung, und der Wagen erreichte einen kleinen Platz, auf dem bereits weitere Autos und ein großer Tankwagen parkten.

»Komm«, sagte Rodrigo knapp und stieg aus.

Sie folgte ihm und versuchte, im Licht des von Wolken verdeckten Monds, herauszufinden, wo sie gelandet waren. Es roch nach Lagerfeuer, obwohl Amanda keins erkennen konnte.

Als sie die Mitte des Platzes erreicht hatten, rief Rodrigo etwas auf Spanisch, das Amanda nicht verstand. Aus dem Zwielicht kamen die größer werdenden Umrisse von fünf Personen auf sie zu. Amanda zuckte unwillkürlich zusammen, als sie die Entschlossenheit in den Gesichtern der Männer sah, die Rodrigo ihr als autonome Untergruppe der Nationalen Befreiungsarmee vorstellte, die sich nach der Absetzung von Präsident Árbenz gegründet hatte.

Amanda erinnerte sich, dass sie davon gehört hatte. Der Umsturz war vor ein paar Jahren durch von der CIA angeheuerte Söldner herbeigeführt worden und hatte die politische Stabilität des hoffnungsvollen Landes erschüttert. Gegner der Junta, die Guatemala seitdem regierte, wurden systematisch verfolgt und getötet. Die USA hatten dabei leider keine rühmliche Rolle gespielt.

Die von Rodrigo angeführte Rebelleneinheit hatte den Auftrag, ein nahegelegenes Munitionsdepot der Regierungstruppen zu sprengen. Diese Aktion sollte der Auftakt einer groß angelegten Kampagne sein, mit der die NBA das Blatt wenden und ihren eigenen Präsidentschaftskandidaten in Position bringen wollte.

Amanda fand, dass die Rebellen wenig vertrauenerweckend aussahen. Es waren finstere Gestalten, ganz anders als Rodrigo, der seine vornehme Herkunft nicht leugnen konnte. Da waren der stämmige Marquez, dunkelhäutiger als die übrigen, mit feurigem Blick und riesigen Koteletten; außerdem Pedro, Raffaele, José und Chacón.

Amanda wunderte sich, warum es Rodrigo so wichtig war, sie mit dabei zu haben. Wollte er ihr imponieren? Der stille, unscheinbare, von allen unterschätzte Rodrigo?

Nein, das glaubte sie nicht.

»Es gibt nur eine einzige Zugangsstraße zum Depot. Sie wird von mehreren Posten überwacht, die täglich ihre Standorte wechseln«, erklärte Marquez.

»Uns bleibt daher nur der beschwerliche Weg durch den Dschungel. Das Unterholz ist ziemlich dicht«, fuhr Rodrigo fort. »Ich selbst habe in den vergangenen Wochen zahlreiche Erkundungen in dem Gebiet vorgenommen und einen Weg markiert, der uns innerhalb eines festgelegten Zeitfensters ans Ziel bringen wird. Pedro und Raffaele werden ein Loch in den Zaun schneiden und auf das Gelände eindringen, während Marquez einen Scheinangriff auf die Posten verübt. Er wird dabei einen möglichst großen Tumult veranstalten, sodass die Wachen von einem Großangriff der nationalen Befreiungsarmee ausgehen und Verstärkung anfordern werden, ehe sie zuschlagen.«

»Ist das für Marquez nicht sehr riskant?«, wandte Amanda ein.

»Ja, die Posten werden mit ihren Schnellfeuergewehren auf alles schießen, was sich ihnen nähert. Wir haben deshalb diesen Tankwagen …« Rodrigo deutete auf einen Lkw, von dem die Farbe großflächig abblätterte und auf dessen Ladefläche ein Tank angebracht war, »so präpariert, dass er ohne Fahrer im zweiten Gang langsam auf den Haupteingang des Depots zurollen wird. Da es sich um eine schnurgerade Straße handelt, braucht es niemanden, der den Wagen lenkt. José wird ihn eine halbe Stunde, während der wir durch den Dschungel vordringen, in Bewegung setzen. Selbst, wenn sie den Lkw durch ihre Schüsse aufhalten, wird er genügend Aufmerksamkeit binden, wenn er explodiert …«

Wenn man Rodrigo zuhörte, dann klang es nach einem Kinderspiel, aber Amanda ahnte, dass es alles andere als das werden würde.

»Werden viele Menschen dabei sterben?«, fragte sie.

»Menschen, Amanda?«, sagte Rodrigo in einem eiskalten Tonfall. »Es sind unsere Feinde. Die Feinde der Demokratie. Sie haben bereits Tausende von uns in ihren mithilfe der CIA errichteten Gefängnissen gefoltert und ermordet. Das sind keine Menschen, Amanda, es sind Schweine.« Er hielt inne und bedachte jeden einzelnen in der Runde mit einem prüfenden Blick. »Also los jetzt, wir wollen keine Zeit mehr verlieren. Jeder weiß, was er zu tun hat!«

***

Amanda war fasziniert von der Vielzahl der unterschiedlichen Geräusche, die den Dschungel in der Nacht erfüllten. Sie konnte sie nicht zuordnen, und da der Wald sich ihr in verwirrenden Mustern in Abstufungen von Schwarz und Grau darstellte, bekam sie von dem, was sie sich in den buntesten Farben ausmalte, nichts zu Gesicht.

Sie waren vielleicht eine halbe Stunde unterwegs, als Rodrigo ihnen durch ein Zischen zu verstehen gab, dass sie still stehen sollten. Amanda wollte eine Frage stellen, doch Rodrigo legte den Zeigefinger an die Lippen und schüttelte den Kopf. Binnen zwei Minuten bellten in einiger Entfernung Schüsse, und gleich darauf ertönte eine mächtige Detonation. Rodrigo verharrte nach wie vor unbewegt. Erst als ein schriller Alarmton die nächtliche Geräuschkulisse zerriss, verfiel er in nervöse Aktivität.

»Am heikelsten ist es, den fünf Meter breiten Streifen vor dem Zaun zu überqueren, auf dem sich rund um die Uhr Patrouillen bewegen. Dort sind wir für die Wachen leichte Ziele. Wir müssen darauf hoffen, dass sie durch Marquez' Scheinangriff abgelenkt sind. Du, Amanda, bleibst hier zurück! Pedro, Raffaele, Chacón und ich werden die kombinierte Spreng- und Brandladung zwischen den Munitionsbunkern deponieren. Sie explodiert zeitverzögert. Wenn alles gutgeht, haben wir dann bereits den halben Weg zurück zu unseren Autos hinter uns gebracht.«

Wenn Rodrigo so sprach, klang das Vorhaben so einfach, als könne es gar niemals scheitern. Amanda aber konnte das nicht darüber hinwegtäuschen, dass sie sich in Lebensgefahr begaben.

»Also los nun.« Rodrigo umarmte Amanda ein letztes Mal, und sie hatte plötzlich ein mulmiges Gefühl. Am liebsten hätte sie ihn festgehalten, doch sie wusste sehr wohl, wie aussichtslos das wäre.

In geduckter Haltung verließen die Männer die natürliche Deckung des Dschungels. Im grellen Licht der Scheinwerfer hasteten ihre tiefschwarzen Schatten über den Sperrstreifen vor dem Zaun. Amanda vergaß zu atmen. Kein Schuss, kein Ruf! Die vier hatten den Zaun erreicht und hechteten flach auf den Boden. Pedro und Raffaele begannen sofort damit, den Draht durchzuschneiden.

Amanda nahm plötzlich Schüsse wahr, die auf den Beginn von Marquez Ablenkungsmanöver hinwiesen.

Amanda jubelte stumm, als die drei Männer eine Öffnung von ausreichender Größe geschaffen hatten und auf die andere Seite des Zauns gelangten. Sie richteten sich auf, und dann plötzlich … waren sie von Soldaten umgeben, die ihnen den Fluchtweg abschnitten. Amanda wusste nicht, woher sie so schnell gekommen waren, aber ihr dämmerte, dass das Unternehmen gescheitert war. Es sah so aus, als seien die Revolutionäre erwartet worden. Genau jetzt, genau hier! Es musste also einen Verräter gegeben haben.

Einer der Männer, Amanda konnte nicht sagen, ob es sich um Chacón oder José handelte, schnappte sich einen der schweren Rucksäcke vom Boden und lief in Richtung der Munitionsbunker davon, die im Zwielicht wie gedrungene Urzeitriesen anmuteten. Offenbar plante er, sich in einer selbstmörderischen Aktion selbst in die Luft zu sprengen, um eine Kettenreaktion auszulösen.

Er kam jedoch nicht weit. Einer der Soldaten tötete ihn kaltblütig durch gezielte Schüsse in den Rücken.

Amanda zog sich rasch tiefer in den Dschungel zurück. Es konnte nur eine Frage der Zeit sein, bis Soldaten ausschwärmten, um die Umgebung des Stützpunktes nach Guerillakämpfern zu durchkämmen.

***

Erst als es Tag wurde, wagte sich Amanda aus ihrem Versteck unter den Luftwurzeln eines Baumriesen, die einen natürlichen Hohlraum bildeten. In der Nacht war einmal ein Suchtrupp ganz nah an ihr vorbeigelaufen, doch er hatte sie nicht aufgespürt.

Auf das Risiko hin, dass sie sich im Dschungel verirrte, beschloss sie, auf eigene Faust einen Weg zurück zur Stadt zu suchen. Sie war durch die Ungewissheit über Rodrigos Schicksal wie betäubt und innerlich ausgehöhlt und lief, ohne nachzudenken. Einmal musste sie einen reißenden Fluss durchqueren, der in der Nacht nicht auf ihrem Weg gelegen hatte. Das eiskalte Wasser brachte sie zur Besinnung. Gerade rechtzeitig, um den Hubschrauber zu bemerken, der sich von oben näherte. Sie hechtete sich auf den Boden und hoffte, dass die Vegetation sie verdecken würde. Das monotone Geräusch der Rotoren strich über sie hinweg und entfernte sich, ohne dass der Helikopter langsamer geworden wäre.

Wie durch ein Wunder kam sie nach einem langen Marsch an eine Landstraße. Sie war nur wenig befahren, aber bereits das erste Auto, das Waldarbeiter zu ihrem Arbeitsort transportiert hatte, nahm die lehmverschmierte und mit blutigen Schrammen überzogene Frau mit. Der Fahrer stellte nicht viele Fragen. Er brachte Amanda in die Stadt und setzte sie unweit des Anwesens ab, das Rodrigos Familie gehört.

Amanda sah Rodrigo erst am Tag ihres Abflugs wieder. In Gesellschaft seines Vaters, dessen versteinerte Miene mehr sagte als tausend Worte. Da Rodrigos Familie Einfluss bis in höchste Kreise besaß, war es ihm gelungen, den Sohn freizukaufen. Rodrigo wirkte mindestens zehn

Jahre gealtert. Sein Blick war stumpf, das Feuer darin erloschen, das einst glänzende Haar matt; und seine Bewegungen wirkten marionettenhaft, als seien seine Knochen gebrochen worden und falsch zusammengewachsen.

Als sie ihn umarmen wollte, hob er abwehrend den Arm. »Begleitest du mich in den Garten?«, fragte er mit emotionsloser Stimme und schleppte sich schwerfällig zu dem weißen Pavillon hinüber, in dem sie sich in den ersten beiden Wochen ihres Aufenthaltes oft geküsst hatten.

Als sie neben ihm Platz genommen hatte, begann er stockend zu berichten. Ihr Anschlag war schon vor Beginn aufgeflogen. Wochen vor der Aktion hatte die Geheimpolizei den Bruder von Marquez verhaftet. Unter der Folter verriet er die Revolutionäre Bewegung und den geplanten Angriff auf das Munitionsdepot. Anstatt auch Marquez festzunehmen, hatte die Geheimpolizei ihn für sich gewonnen, indem man das Fortleben seines Bruders von seiner Mitarbeit abhängig machte. Obwohl Marquez hätte wissen müssen, dass sein Bruder und er wahrscheinlich keine Überlebenschance hatten, war er auf das Angebot eingegangen. Doch die Geheimpolizei liebte zwar den Verrat, nicht aber den Verräter. Sie duldete keine derart vertrauensunwürdigen Personen in ihren Reihen – das Risiko, sich einen Doppelagenten ins eigene Nest zu setzen, erschien ihnen viel zu unkalkulierbar.

»Ich weiß zwar nicht, wie ich es geschafft habe, aber ich habe bei den Verhören deine Existenz geheim gehalten.«

Rodrigo seufzte. »Trotzdem bist du in Gefahr, verhaftet zu werden. Ich habe keinen blassen Schimmer, wer von den Genossen, die an dem Überfall auf das Depot beteiligt waren, verhaftet und befragt wurde. Sie alle haben dein Gesicht gesehen.« Mit fester Stimme fuhr er fort: »Du musst das Land mit dem nächsten Flug verlassen.«

»Nein«, sagte Amanda mit erstickter Stimme. Tränen rannen ihre Wangen hinab. »Ich bleibe bei dir.«

Als sie ihn umarmte und küssen wollte, löste er ihren Griff und schubste sie weg. Er rief zwei Arbeiter seines Vaters, die Amanda in ein Auto schleppten und zum Flughafen fuhren.

***

Zu Hause in Berkeley trauerte Amanda Rodrigo monatelang nach. Er hatte keinen ihrer zahlreichen Briefe beantwortet und die Telefonnummer des Anwesens seines Vaters war geändert worden. Die Ungewissheit über sein Schicksal zermürbte sie zusehends, bis sie kaum noch in der Lage war, ihrer universitären Arbeit nachzugehen, da es ihr an der notwendigen Konzentration mangelte.

Eines Abends sprach sie auf dem Nachhauseweg vom Campus ein wildfremder Mann an und unterbreitete ihr einen verlockenden Vorschlag. »Es gibt vielleicht eine Möglichkeit für Sie, Rodrigo wiederzusehen.«

Ihr Herz schlug vor Aufregung schneller.

»Sie müssen uns nur mit Informationen versorgen. Sie werden genaue Instruktionen erhalten, was für uns von Interesse ist. Sobald sie etwas Wichtiges erfahren, kontaktieren Sie mich. Wenn Sie sich bei dieser Arbeit verdient machen, werden wir Ihnen im Gegenzug erneuten Kontakt zu Rodrigo ermöglichen.«

Die Zeit verging, und egal wie viel vertrauliches Forschungsmaterial sie an den Fremden, der sich als KGB-Mann entpuppte, weitergeleitet hatte, zu dem versprochenen Wiedersehen mit Ihrem Geliebten kam es nie.

***

Tja und dann habe ich alle meine Hoffnung auf diese Operation hier gesetzt. Werden die Sowjets ihr Versprechen diesmal einhalten?, zweifelte Amanda insgeheim. *Leider habe ich keine andere Wahl, als darauf zu bauen.*

Gedanklich wieder in der Gegenwart suchte sie Olsen auf. »Danke für dein Verständnis und dafür, dass du mich eine Weile allein gelassen hast. Jetzt habe ich wieder einen klaren Kopf. Wir müssen einfach nur warten, bis wir abgeholt werden. Wir können uns ja so lange zusammen hinsetzen und uns bis dahin die Zeit mit einem Gespräch vertreiben. Mich würde brennend interessieren, wie du zu dieser Expedition gekommen bist?«

Der Wissenschaftler streckte die Beine aus. »Ich kann mir gut vorstellen, dass du mich anfangs für einen ziemlichen Trottel gehalten hast, und ich nehme es dir nicht übel. Ich habe mich ja wirklich ganz schön dusselig verhalten. Doch dazu nachher mehr. Am besten berichte ich dir der Reihe nach von den Vorkommnissen.« Olsen lachte vor Verlegenheit.

Er blickte Amanda scheu in die Augen. »Willst du echt die ganze Geschichte hören?«

Blair nickte.

»Jasper, du kannst mich gern Jasper nennen.«

»Okay, Jasper.«

»Wie du weißt, stamme ich ursprünglich aus Norwegen. Ich gelangte 1944 durch die Vermittlung von Niels Bohr, der Dänemark bereits ein Jahr zuvor verlassen hatte, in die USA. Dort konnte ich mein Studium der Glaziologie am geologischen Institut von Professor Lawrence an der Universität von Los Angeles vorsetzen, wo ich mit meinen Kenntnissen dankbar aufgenommen wurde. Ich war heilfroh, aus Europa geflüchtet zu sein, da ich befürchtete, die Sowjetunion könnte nach der Niederlage der Nazis ganz Europa überrollen. Unser Nachbarland Finnland zu besetzen, hatten sie ja schon probiert. Von daher lag Myers mit seinen Verdächtigungen, ich sei ein Kommunistenfreund, gänzlich falsch. Ich kann mit dem Kommunismus ebenso wenig anfangen, wie mit dem Nationalsozialismus.

Gerade als ich meine Doktorarbeit schrieb, kam das Ende des Krieges gegen Deutschland und der Abwurf der Atombomben auf Hiroshima und Nagasaki. Ich war schockiert, denn ich kapierte sofort, welche Büchse der

Pandora wir da geöffnet hatten. Der Einsatz solch destruktiver Kräfte erschien mir ebenso verwerflich wie die Verbrechen der Nazis und Kommunisten.

Nach dem Erwerb meines Doktortitels erhielt ich einen Job als wissenschaftlicher Mitarbeiter am Institut. Irgendwann tauchte ein junger Offizier auf dem Campus auf und unterbreitete mir das Angebot, an einer großangelegten Expedition in die Antarktis teilzunehmen. Voller Enthusiasmus habe ich zugesagt, ohne die Hintergründe detailliert zu durchdenken.

Der junge Offizier war übrigens Walker, der damals den Rang eines Sergeants innehatte.

Nach dieser ersten Begegnung sah ich Walker eine Weile nicht mehr. Ich erhielt kurz darauf den Marschbefehl, in dem mir mitgeteilt wurde, wo ich mich wann einzufinden hatte. Als ich an besagtem Tag im Morgengrauen in den Militärbus stieg, der die Expeditionsteilnehmer einsammelte, wurde mir erst richtig bewusst, dass ich Teil einer militärischen Operation war. Gleich nach dem Ende des Zweiten Weltkriegs gab es in der Sowjetunion einen neuen Gegner. Das zerstörte meine Hoffnungen, dass der Abwurf der neuen Bombe den Menschen die Sinnlosigkeit des Krieges vor Augen führen würde.

Zu diesem Zeitpunkt legte Edward Teller, eine der maßgeblich treibenden Persönlichkeiten im Bereich der Fusionstechnik, der auch für ihren militärischen Einsatz plädierte, Pläne für atomare Sprengungen in vereisten

Regionen vor, mit denen eisfreie Häfen geschaffen werden sollten. Ich hatte das Gefühl, dass solche Ideen bei den Leitern der Operation High Jump auf fruchtbaren Boden fielen.

Meine Versuche, Sergeant Walker von der Gefährlichkeit der atomaren Bedrohung zu überzeugen, scheiterten kläglich. Dennoch verstanden wir beide uns recht gut.«

In der Höhle wurde Myers wach und fing und fing an zu brüllen. »Ihr Verräter! Kommunistenschweine! Wenn ich euch kriege, mach ich euch fertig!«

»Da versteht man ja sein eigenes Wort nicht mehr«, beklagte sich Amanda, stand auf und ging zum Colonel.

Vor Wut flog Speichel aus Myers Mund, als er seine Schimpftirade fortsetzte. »Ihr kommt vor ein Kriegsgericht. Euren Status als zivile Berater könnt ihr vergessen. Ihr begeht Landesverrat. Da wird keine Gnade gewährt.«

Amanda knebelte ihn kurzerhand und gesellte sich anschließend wieder zum Professor. »So, jetzt können wir ungestört weiterreden.«

»Okay«, sagte Olsen. »Als mir kürzlich die Einladung von General Shwartz zu einer neuen Expedition in die Antarktis auf den Tisch flatterte, habe ich zugesagt, in der naiven Hoffnung, diesmal erfolgreichere Aufklärungsarbeit leisten zu können. Da hatte ich noch keine Ahnung, dass Myers die Expedition leiten würde. Das Schlimme war nun, dass ich Myers Geheimnis kannte und Walker wusste dies, da er es mir selbst verraten hatte. Also bekam ich Angst, Walker könnte diese Information an Myers weitergeben. Beim Militär hackt doch keine Krähe einer anderen ein Auge aus. Und vielleicht hatte sich Walker dazu entschlossen, einer möglichen Enthüllung seiner Indiskretion durch mich zu begegnen, indem er sie Myers beichtete. So hätte er die möglichen Folgen eingrenzen und kontrollieren können. Womit wir den Grund dafür haben, weshalb ich jedes direkte Zusammentreffen mit Walker vermied.«

»Und worin besteht das Geheimnis des Colonels?«

Gerade als Olsen zu einer Antwort anhob, ertönten in der Ferne russische Stimmen und leise Trittgeräusche.

»Na ja, Jasper, du kannst mich auch bei einer passenden Gelegenheit einweihen.«

***

Amanda stand auf, formte mit den Händen einen Trichter vor dem Mund und rief: »Hier. Hierher. Hier sind wir.« Dann stellte sie sich auf die Zehenspitzen und winkte dem Einsatzkommando zu.

Der verlorene Haufen, der in ihre Richtung stolperte, war in einer desolaten Verfassung. Einer der Männer trug den Arm in einer Schlinge, ein anderer hatte einen dicken Verband um die Schläfen. Fast alle hatten Kratzer und Schürfwunden an den Händen und Armen oder in den Gesichtern. Nur drei Mitglieder des neunköpfigen Trupps wirkten nicht wie durch die Mangel gedreht: Zwei Männer, bei denen es sich aufgrund der

Rangabzeichen vermutlich um Unteroffiziere handelte und eine stämmige Frau, die schätzungsweise einen Meter achtzig maß. Mit enorm lauter Stimme bellte sie ihren Leuten Befehle zu. Von ihrem Auftreten eingeschüchtert, wich Olsen sicherheitshalber drei Schritte zurück.

Die Russin sagte etwas zu den beiden Unteroffizieren, die darauf zu Amanda gingen und sich auf Englisch als Sorokin und Lukassow vorstellten. Die laute Frau, ließen sie die Amerikaner wissen, sei Politoffizier Rachmaninowa, die Leiterin dieser Operation.

»Wir haben unseren Befehlshaber überwältigt. Er ist gefesselt und geknebelt in der Höhle«, berichtete die Biologin.

»Die Genossin verlangt, dass Sie uns alle Waffen aushändigen«, erklärte Lukassow. »Dann schlagen wir unser Nachtlager auf, da es schon bald dämmern wird. Morgen findet die Befragung statt.«

»Befragung, welche Befragung?« Amanda verengte die Augen zu schmalen Schlitzen. »Und wieso sollen wir die Waffen abgeben? Sind wir Gefangene?«

»Nein, das nicht. Aber Vorsicht ist die Mutter der Porzellankiste. Und befragt wird nur der amerikanische Soldat.«

KAPITEL 15

Am nächsten Morgen kam Sorokin zu Amanda und Olsen.

»Wir werden jetzt mit der Befragung des Colonels beginnen. Die Genossin Politoffizier lässt ausrichten, dass Ihre Anwesenheit dabei unumgänglich ist. Sie meint, es sei eine gute Lehrstunde für Sie, um Ihnen die Art und Weise, wie die Sowjetunion mit ihren Feinden umspringt, näherzubringen. Außerdem hofft sie, die Zunge des Colonels vor Publikum schneller lösen zu können.«

Der Unteroffizier führte die beiden Wissenschaftler in die Höhle, in der bereits Rachmaninowa und ein kleiner, verschlagen blickender Soldat mit eiskalten Augen und harten Gesichtszügen wartete. »Das ist Kusnezow, unser Spezialist für das Aushorchen von Gefangenen. Es heißt, er habe bisher – früher oder später – jeden zum Reden gebracht.«

Kusnezow ging vor Myers in die Hocke, öffnete den Reißverschluss seiner Ledermappe und klappte sie auf. Darin befanden sich verschiedene Messer und Metallnadeln unterschiedlicher Länge und Dicke, Spritzen sowie mehrere Fläschchen mit Drogen und Säuren. Die Politoffizierin richtete den Lichtstrahl ihrer Taschenlampe auf die Gerätschaften, deren Metallteile im ansonsten dunkeln Raum bedrohlich schimmerten. Kusnezow zeigte die Instrumente dem Colonel und sagte dann etwas zu Sorokin, der daraufhin für den Gefangenen übersetzte: »Zuerst werde ich Ihnen ein Stück Haut bei lebendigem Leib abziehen, falls Sie nicht umfassend kooperieren und uns alles beichten, was wir wissen möchten.«

Auf Myers Stirn bildeten sich dicke Schweißtropfen, seine Augen waren geweitet. Seine Wahrnehmung verschwamm und die Grenze zwischen Vergangenheit und Gegenwart zerfloss. Statt Kusnezow sah er sich wieder Doktor Chambers ausgeliefert, der seine gesundheitlichen Probleme kuriert hatte. Auch damals hatten sie ihn gefesselt und er musste sämtliche Torturen ohnmächtig über sich ergehen lassen. Bäder in eiskaltem Wasser gehörten damals noch zu den harmloseren Behandlungsmethoden, die dazu dienten, ihn wieder auf Linie zu bringen.

Amanda schnürte es die Kehle zu. Sie wollte etwas einwenden, aber ihr drang kein Wort über die Lippen.

Olsen hatte das Gefühl, brechen zu müssen.

Kusnezow sagte wieder etwas auf Russisch, das von Sorokin auf Englisch wiedergegeben wurde: »Wir werden Sie jetzt eine Viertelstunde allein lassen, in der Sie darüber nachdenken können, ob sie diese Qual erleiden möchten oder ob sie gleich reden.«

Rachmaninowa leuchtete Myers rund eine Minute direkt ins Gesicht, dann beorderte sie alle Mann, außer dem Gefangenen, mit einer herrischen Handbewegung aus der Höhle.

Draußen sonderten sich Amanda und Olsen konsterniert von den Russen ab. Nach einer Unterhaltung war ihnen nicht zumute. Die Gedanken der Biologin rasten.

Was habe ich bloß getan? Ich muss ganz schön naiv gewesen, sein, als ich mich auf die Kommunisten eingelassen habe, nur weil ich mir eingebildet habe, damit würde die Folter, wie sie von der CIA damals in Guatemala angewendet wurde, aus der Welt verbannt. In Wahrheit sind die Rote Armee und der KGB keinen Deut besser als unsere Army und der CIA. Wie konnte ich so dumm sein? Und Rodrigo bekomme ich dadurch auch nicht wieder zurück …

Sie hockte sich auf den Boden und barg das Gesicht in den Händen.

Egal, wie übel Myers auch sein mag, überlegte sie. *Das hat er nicht verdient. Falls es in unserer Macht steht, müssen wir die Folter verhindern. Vielleicht können wir ihn befreien. Wenn es ihm gelingt, die Russen auszuschalten, werden wir schon irgendwie mit ihm fertig. Er ist nur ein einzelner Mann und mit ihm können wir eher reden und vielleicht einen Kompromiss schließen als mit den Sowjets.*

»Denkst du das Gleiche wie ich?«, fragte Olsen verschwörerisch.

Amanda nickte. »Ich schleiche mich in die Höhle und versuche, Myers zu befreien. Du bleibst so lange hier draußen. Allein erzeuge ich weniger Aufruhr.«

Unauffällig tippelte sie in Richtung des Höhleneingangs und als Rachmaninowa und Kusnezow, die in ein angeregtes Gespräch vertieft waren, in eine andere Richtung schauten, sprintete sie den Rest der Strecke und schlüpfte ungesehen in die Felsenkammer.

Myers war ein einziges Wrack. Ob der Mann ihnen in diesem Zustand gegen die Sowjets helfen konnte? Es würde sich zeigen müssen, einen anderen Trumpf konnte Amanda nicht aus dem Ärmel zaubern, also musste sie alles auf diese eine Karte setzen. Sie holte aus einer der Einmannpackungen die Schere zum Zurechtschneiden der Mullbinden und durchtrennte damit die Fesseln um die Handgelenke des Colonels. Dann wuchtete sie ihn auf die Beine und zog seine heruntergelassene Hose bis hoch zu den Hüften. Den Gürtel schloss er aus eigener Kraft. Zuletzt löste sie das Klebeband mit einer schnellen Handbewegung von seinem Mund.

Er wusste, dass er nicht sprechen durfte, da er sonst die Sowjets alarmieren könnte. Stumm formte er mit den Lippen das Wort *danke.*

Von seiner Hilflosigkeit entbunden, durchströmte neue Energie Myers Körper. Er war nicht mehr das Opfer, sondern er hatte die Kontrolle wiedererlangt. Er musste nicht mehr einstecken, nun konnte er austeilen. Er bemächtigte sich der Signalpistole, lud sie mit einer Leuchtkugel und verstaute eine zweite in die Oberschenkeltasche seiner Hose. So gewappnet trat er ins Freie.

»Hey, ihr Kommunistenschweine«, brüllte er. Erschreckt drehten sich Rachmaninowa und Kusnezow wie von der Tarantel gestochen um. Myers hob die Signalpistole und gab aus kurzer Distanz einen Schuss direkt in das Gesicht der Politoffizierin ab. Flammen umhüllten ihr Gesicht und ihr Haupthaar fing Feuer. Es stank nach verschmortem Fleisch. Gellend schreiend versuchte sie, den Brand mit den Händen zu ersticken. Gleichzeitig rannte sie zum Fluss, in der Hoffnung in den Fluten Linderung für ihre Pein zu finden.

Myers lud die Signalpistole nach und verpasste der Fliehenden einen zweiten Treffer in den Rücken. Nun loderten auch dort die Flammen.

Als die Russin in den Fluss tauchte, rauschte eine Kielwelle auf sie zu und eine der Kreaturen, die unter dem Wasser hausten, zerrte sie nach unten in ein kaltes und nasses Grab.

Kusnezow schaute einen Moment wie gelähmt zu, ehe er die Beine in die Hand nahm, da er keine Waffe bei sich trug.

Wutschnaubend steckte der Colonel die Signalpistole hinter seinem Rücken in den Hosenbund, hetzte hinter Kusnezow her und brachte ihn durch einen Sprung ins Kreuz brutal zu Fall. Mit wenigen Griffen schleuderte er den Russen auf den Rücken und rammte ihm die Schere durch das linke Auge bis ins Gehirn.

Inzwischen waren die übrigen Sowjets auf den Tumult aufmerksam geworden und eröffneten das Feuer auf Myers, der geduckt und Haken schlagend in die Deckung der Höhle zurückeilte. Dabei traf ihn eine Kugel in die Schulter. Als er – zumindest kurzfristig in Sicherheit – die Wunde betastete, stellte er fest, dass er sich einen glatten Durchschuss eingefangen hatte. Knochen und Bänder waren glücklicherweise verschont geblieben.

Unterdessen brach draußen in der Ökosphäre die Hölle los.

Gejagt von zwei Exemplaren der Gattung Carnotaurus donnerte ein dreihörniger Triceratops mit einem Gewicht von gut fünf Tonnen mitten in die Überbleibsel des russischen Einsatzkommandos hinein. Der Schädel des Pflanzenfressers mündete in einem gewaltigen Schnabel; aus dem Knochenschild, das seinen Kopf vor Fressfeinden beschützte, ragten ein dickes, kurzes Nasenhorn und zwei achtzig Zentimeter lange Brauenhörner.

Die Beutegreifer stürzten sich auf die leichtere Beute – die sowjetischen Soldaten und richteten unter ihnen ein Massaker an. Der erste Carnotaurus biss einen der Männer in zwei Hälften, der zweite riss einem anderen das komplette linke Bein ab, ehe er es hektisch verschlang. Dann begab er sich auf die Suche nach weiterem Futter.

»Wir müssen das Vieh mit den drei Hörnern stoppen. Wenn wir es erlegen können, konzentrieren sich die Raubsaurier hoffentlich darauf, den Kadaver zu fressen«, rief Sorokin.

»Gute Idee«, meinte Lukassow und blockierte zusammen mit seinem Kameraden den Laufweg des Triceratops. Der galoppierte davon ebenso unbeeindruckt wie von den Schüssen der Zugführer auf die beiden zu. Das Knochenschild an seinem Schädel verhindert, dass die Projektile tief genug eindrangen, um Schaden anzurichten. Einige davon wurden sogar gänzlich daran abgelenkt und schwirrten als Querschläger ins Leere.

Mit gesenktem Haupt spießte der Saurier Sorokin mitten im Bauch auf und trug ihn davon. Doch damit nicht genug – er bremste ab, wendete, scharrte mit dem rechten Vorderbein und visierte Lukassow an. Dann ging er wutschnaubend zum Angriff über. Lukassow sprang im letzten Augenblick zur Seite, aber ein Tritt erwischte ihn. Er flog fünf Meter durch die Luft, ehe er auf den Boden polterte. Ihm wurde kurz schwarz vor den Augen und er fühlte unmittelbar keinen Schmerz. Dann spürte er mit einer halben Minute Verzögerung, dass ihm der Tritt und der Aufprall sämtliche Knochen im Leib gebrochen hatten, und unglaubliche Qualen durchfluteten seinen geschundenen Leib. In den Kampf konnte er unter diesen Voraussetzungen unmöglich eingreifen.

Der Unteroffizier beobachtete, wie ein Carnotaurus einen seiner Leute verspeiste. Es war still geworden, niemand schoss mehr, niemand sprach mehr. Der Triceratops nutzte die Chance zur Flucht und verschwand am Horizont. Der zweite Beutegreifer fraß gerade ebenfalls einen der Soldaten.

Wie grauenhaft, dachte Lukassow. *Einem solchen Schicksal werde ich mich nicht fügen.*

Da seine rechte Hand durch mehrere Trümmerbrüche selbst für die kleinste Aktion untauglich war, nestelte er mit der Linken das Holster seiner Dienstwaffe auf und zog sie heraus.

Und ich Trottel hatte immer Angst, mich könnte einmal eine Kugel der Yankees über den Jordan schicken. Um meinen Abgang von dieser Welt kümmere ich mich besser eigenhändig.

Ohne Zögern und ohne Reue, was sein gesamtes Leben betraf, setzte er die Mündung der Waffe an seiner Schläfe an und drückte ab.

***

Als im Freien längere Zeit Ruhe herrschte, wagten sich Amanda und Olsen vor die Höhle. Sie sammelten alle brauchbaren Waffen auf. Manche waren schwer beschädigt und blieben nutzlos am Boden liegen. Eine Kalaschnikow war beispielsweise komplett verbogen, da offensichtlich einer der Saurier auf sie getrampelt war.

Zudem lasen sie alles auf, was sie an passender Munition finden konnten.

Als sie mit ihrer Ausbeute in die Höhle kamen, hockte Myers still vor sich hin brütend in einer Ecke. Schatten überzogen seine reglose Miene; seine Augen waren blutunterlaufen.

Lange sprach keiner der drei ein Wort. Endlich raffte sich Amanda auf. »Wie soll es jetzt weitergehen?«

Myers und Olsen verharrten stumm.

»Also gut, dann treffe ich eine Entscheidung«, verkündete die Biologin. »Wir nutzen den Rest des Tages und die Nacht, um uns von den Strapazen zu erholen. Morgen brechen wir auf und gehen zu MacNeil an die Oberfläche. Einverstanden?«

Die beiden Männer nickten.

»Das Blut«, sagte Olsen plötzlich.

»Welches Blut?«, fragte Amanda.

»Von den Russen. Wahrscheinlich gibt es hier außer Sichtjägern auch Fleischfresser, die ihren Geruchssinn auf der Jagd einsetzen. Sie werden das Blut wittern und uns so finden.«

Sie grübelten darüber nach, was sie vor dieser Gefahr bewahren könnte.

Schließlich hatte Amanda den passenden Einfall. »Wir fackeln die blutdurchtränkte Erde einfach ab.«

»Das sollte funktionieren«, pflichtete ihr der Professor bei.

Sie erledigten die Aufgabe arbeitsteilig. Olsen klaubte trockene Zweige vom Boden auf oder brach sie an

Büschen ab. Amanda kratzte mit dem Klappspaten die blutige Erde zusammen, über der sie kleine Scheiterhaufen errichteten, die sie mit Karbid entfachten. Bald loderten überall Feuer.

Olsen schrie unvermittelt auf.

»Was ist los?«, fragte Amanda.

Der Professor deutete auf den Boden und Amanda ging zu ihm. Vor seinen Füßen lag eine abgetrennte Hand im Gras. Olsen verzog das Gesicht angewidert zu einer Grimasse. Seine Hände, in denen er das Holz hielt, zitterten leicht.

Amanda hob ein Loch aus und kickte das verstümmelte Körperteil mit der Fußspitze hinein. Sie nahm Olsen die dürren Äste ab und schichtete sie über der Hand auf. »Warum sollten wir bei dem Ding anders verfahren als mit dem Blut? Wenn das Feuer erloschen ist, schaufeln wir das Loch zu, dann hatte der Unbekannte sogar ein ordentliches Begräbnis.«

Nach ungefähr einer weiteren Stunde war die Arbeit vollendet.

Die folgende Zeit bis zum Anbruch der Nacht verbrachten Amanda, Olsen und Myers schweigend und gedankenversunken in der Höhle.

Amanda wechselte zweimal Myers Verband, der zumindest bei dieser Gelegenheit den Mund kurz aufsperrte, um sich für ihre Fürsorglichkeit zu bedanken.

Olsen wurde von einem schlechten Gewissen gequält, da er es versäumt hatte, Amanda über Myers Hintergrund aufzuklären. Der Mann war brandgefährlich. Beim Auflesen der Waffen oder der Beseitigung der Blutspuren hätte die Chance bestanden, Amanda ins Vertrauen zu ziehen. In Anwesenheit des Colonels war das natürlich undenkbar. Der Professor beruhigte sich mit der Überlegung, dass Myers bisher nicht durchgedreht war. Mit ihm hatten sie zwar eine Menge Schwierigkeiten an der Backe, aber deren Lösung sollte ihnen definitiv leichter fallen, als aus der Gefangenschaft von knapp zehn Sowjets zu entfliehen. Dieses Problem hatte sich zum Glück von selbst erledigt.

Es wird schon alles gutgehen, sagte er sich und schlief ein.

Myers war ebenfalls eingedöst, nur Amanda fand keinen Schlaf. Sie schnappte sich die Signalpistole und die letzte Leuchtkugel und trat durch den Höhlenausgang auf die grasbewachsene Ebene. Sie richtete die Pistole nach oben und drückte ab. Schon bald kontrastierte hoch am Himmel ein grüner Ball mit dem matten Grau der Abenddämmerung.

Vielleicht ist Mark unterwegs, um uns aus der Patsche zu hauen. Eine bessere Verwendung für die letzte Leuchtkugel, als ihm den Weg zu weisen, dürfte es kaum geben.

KAPITEL 16

Die Leuchtkugel am Abendhimmel der Ökosphäre verlieh Mark MacNeil neue Motivation. Natürlich konnte sie auch von den Sowjets abgefeuert worden sein, aber daran wollte er nicht glauben. Und die Entfernung zu dem lodernden Feuerball war nicht mehr allzu groß. Wenn er die Nacht durchmarschierte, würde er morgen früh an der Stelle eintreffen, über der sie gerade erstrahlte.

Diese befand sich ganz in der Nähe des Ortes, an dem er sich vor einigen Tagen vom Rest des US-Teams getrennt hatte. Er war ganz begierig darauf, zu erfahren, was aus dem russischen Einsatzkommando geworden war. Seine Gefährten dürften kaum davon ausgehen, dass es noch eine Gefahr darstellte, denn sonst hätten sie niemals solch ein leuchtendes Fanal am Horizont entfacht.

Im Morgengrauen erblickte Myers den Flusslauf. Der einzige Platz, an dem sich das Team verborgen halten konnte, war ein Hügel in der Nähe. Ehe er diesen erreicht hatte, erschienen Amanda und Olsen in einem Höhlenausgang, winkten ihm zu und kamen ihm entgegen.

Zur Begrüßung fielen sich die Wiedervereinten herzlich um den Hals.

»Wo sind die anderen?«, fragte MacNeil. »Myers und seine Leute?«

»Myers ist hinten in der Höhle«, informierte ihn die Biologin. »Er ist verwundet, aber zum Glück nicht allzu schwer. Schuhmann und Jones sind tot. Ebenso alle Sowjets.«

Nachdem Amanda die Ereignisse in der Ökosphäre umrissen hatte, berichtete der Musher von seinen Erlebnissen an der Oberfläche und von seinem Kampf gegen den sowjetischen Wachposten. »Das eigentlich Entscheidende ist jedoch das Funkgerät. Ich konnte es nicht mit meinem Gewissen vereinbaren, das Hauptquartier zu verständigen. Der Gedanke an eine Army-Horde, die hier unten achtlos herumstolziert, hat mich so sauer gemacht, dass ich das Ding zerstört habe. Jetzt müssen wir Myers die Sache beibringen. Nur wie? Ich glaube, Amanda hat die besten Chancen dazu. Und was meint ihr: Sollte die Außenwelt überhaupt von der Existenz der Ökosphäre erfahren?«

»Das ist eine knifflige Frage«, sagte Olsen, »die wir genau bedenken und ausdiskutieren müssen. Außerdem muss ich euch vorher einiges über Myers erzählen.«

»Dazu fehlt uns jetzt die Zeit«, entgegnete Amanda.

Olsen quittierte ihre Aussage mit einem Schulterzucken.

»Wir müssen schnell zu Myers zurück«, fuhr sie fort, »sonst kommt er auf die Idee, dass wir etwas aushecken, das ihm nicht gefallen könnte.«

»Gut«, stimmte MacNeil zu. »Verkaufst du ihm das defekte Funkgerät?«

Amanda lächelte gezwungen. »Ja, das kriege ich hin.«

***

»Colonel, Winston … denken Sie bitte noch einmal an den Spinosaurus«, sagte Amanda. »Den Saurier mit dem krokodilartigen Schädel. Sie fanden es schade, dass er sterben musste. Insbesondere, da er vielleicht der Letzte seiner Art gewesen ist.«

»Das ist korrekt. Nur was hat das mit unserer aktuellen Situation zu tun, Ma'am? Sie haben gesagt, wir werden jetzt unser weiteres Vorgehen besprechen. Meiner Meinung nach gibt es da nichts zu diskutieren. MacNeil hat das Hauptquartier verständigt und wir gehen der Rettungsmannschaft entgegen und empfangen sie bei der unterirdischen Station.«

»Aber es würde Ihnen gefallen, wenn er überlebt hätte.« Amanda bemühte sich, ihr verbindlichstes Lächeln aufzusetzen. »Und wir, also Olsen, Mark und ich sehen das ganz ähnlich. Ich will nicht lange um den heißen Brei herumreden, Colonel, da ich weiß, dass Sie ein Freund der klaren Worte sind. Wir möchten die Entdeckung der Ökosphäre geheim halten. Sie ist zu wertvoll, um ihre Ausbeutung zuzulassen. Zu viel würde dabei unwiederbringlich zerstört werden.«

Myers Unterkiefermuskeln verkrampften. Er knirschte hörbar mit den Zähnen. Es wirkte, als verwende er alle Kraft darauf, halbwegs ruhig und gefasst zu bleiben. So saß er fast eine Minute schweigend da. Dann sprang er explosionsartig auf. »Und sie den Kommunisten überlassen? Niemals!« Blitzartig war er bei Amanda, packte sie an den Schultern und schüttelte sie grob durch. »Das kann nicht Ihr Ernst sein!«

MacNeil stürmte auf den Colonel ein und ergriff den zu seiner verletzten Schulter gehörigen Arm, um ihn auf seinen Rücken zu drehen. Der Angegriffene erahnte das Vorhaben, winkelte den Arm ab, senkte ihn und riss ihn mit aller Gewalt in die Höhe, sodass sein Ellbogen gegen das Kinn des Mushers knallte. Der geriet ins Wanken. Sein Blick verschwamm und er fürchtete, k. o. zu gehen.

Myers packte mit der freien Hand in Amandas Haarschopf, krallte sich darin fest und schleuderte sie ruckartig hin und her. »Sagen Sie mir, dass Sie nicht schon wieder zu den Kommunisten übergelaufen sind. Sagen Sie es!«

Amanda kreischte und schlug um sich. Doch vergebens, gegen die überlegene Körperkraft des Offiziers hatte sie keine Chance.

MacNeil hatte inzwischen den Kinnhaken verdaut. Er bückte sich, hob die Pumpgun auf und hämmerte ihren Kolben gegen Myers Schläfe, der daraufhin Amanda losließ. Der Hundeführer rammte ihm die Waffe frontal gegen die Backe. Das Jochbein des Colonels brach mit einem lauten Knacken und er ging in die Knie. MacNeil trat ihm an die Brust, sodass er auf den Boden krachte und auf dem Rücken lag. Instinktiv drehte der Musher die Waffe um einhundertachtzig Grad, lud durch und feuerte zwei Schüsse ab – einen in die Brust seines Gegners, den nächsten ins Gesicht.

»Oh, mein Gott …«, flüsterte Amanda.

Olsen fing an zu würgen und stolperte überhastet ins Freie.

***

»Was war denn nun mit Myers?«, fragte Amanda.

»Das würde mich auch brennend interessieren«, meinte MacNeil. »Auch wenn es jetzt vermutlich keine Rolle mehr spielt. Sein Blick schweifte zum Grab, in dem sie den Colonel beigesetzt hatten. Ein Gespräch über dessen Tod hatten sie bisher vermieden.

»Ja also …« Olsen sammelte seine Gedanken, dann sprach er weiter: »Leider wurde ich ja immer wieder unterbrochen, als ich Amanda die Geschichte erzählen wollte. Für Marks Verständnis muss ich ihm noch sagen, dass ich als Wissenschaftler an der Operation High

Jump teilgenommen habe. Dabei wurde ich in der gleichen Einheit eingesetzt, wie Major Walker, der aktuell das Kommando über Little America hat.«

»Sieh an«, sagte MacNeil. »Wirklich interessant.«

»Ja, genau. Der springende Punkt ist folgender: Ich habe Walker einige Jahre nach der Operation zufällig auf der Straße wiedergetroffen, als ich an einer Konferenz in Richmond teilgenommen habe. Wir gingen in eine Bar, um über unsere Erlebnisse in der Antarktis zu plaudern. Im Laufe des Abends hat er sich mit Whisky volllaufen lassen. Als er genug intus hatte, hat er mir sein Herz ausgeschüttet. Wahrscheinlich weil er glaubte, wir würden uns nie wieder begegnen. Und weil er mir vertraute, dass ich die Geschichte für mich behalten würde. Was ich bis heute auch getan habe.«

Olsen rang die Hände.

»Kurz vorher war Walker bei einem Gerichtsverfahren des Judge Advocate General's Corps der United States Army als Geschworener tätig gewesen. Die Verhandlung drehte sich um eine Reihe von Kriegsverbrechen während des Koreakriegs, die alle auf das Konto einer einzigen Einheit gingen, die unter Myers Befehl stand. Natürlich kam davon nicht das kleinste Fitzelchen an die Öffentlichkeit.

Myers und seine Männer operierten im Krieg relativ unabhängig und viele ihrer Einsätze fanden hinter feindlichen Linien statt. Dadurch gab es kein Korrektiv, das verhindern konnte, dass sie immer tiefer in einen Strudel der Gewalt abglitten und den Bezug zur Realität verloren. Statt nur militärische Ziele zu bekämpfen, richteten sie ein Blutbad unter der Bevölkerung an. Sie haben auf der Kühlerhaube von Myers Jeep einen Totenschädel befestigt. Nur zu Dekorationszwecken haben sie dazu einen Koreaner enthauptet und seinen Kopf danach in einen Metalleimer voller Säure gesteckt, ehe sie ihn dieser grauenhaften Verwendung zuführten.

Der Trupp hat mehrere Dörfer verwüstet und zog mordend und vergewaltigend durch das Land. Dabei kam es zu unglaublichen Gräueltaten bis hin zu Kannibalismus. Als die Sache schließlich aufflog und die gesamte Einheit inhaftiert wurde, zeigte sich die Militärgerichtsbarkeit vor Ort überfordert und überstellte die Gefangenen in die USA, damit ihnen dort der Prozess gemacht werden konnte.

Letztendlich entschied der Richter, Myers und seine Leute für ihre Taten in das Matteawan State Hospital for the Criminally Insane einzuweisen. In der Anstalt wurde extra ein eigener Gehäuseflügel für die Einheit freigeräumt, damit sie nicht mit den restlichen Insassen in Kontakt kamen. Die meisten ihrer Mitglieder sitzen bis heute dort ein.

Myers wurde mit Elektroschocks und massiven Insulingaben therapiert. Seine Behandlung galt als Erfolg. Er wurde rehabilitiert und kehrte in den aktiven Dienst zurück, da ihm an den schlimmsten Verbrechen keine persönliche Täterschaft nachgewiesen werden konnte. Er ist zwar ein eiskalter Killer, aber das kann in der Armee ja durchaus von Vorteil für eine steile Karriere sein.

Die Männer, die man wasserdicht überführen konnte, kamen nicht bloß mit Elektroschocks und Zwangsjacken davon. Rund ein Drittel der Einheit wurde einer Lobotomie unterzogen.«

»Puh, das ist wirklich heftig«, kommentierte MacNeil.

»Trotz allem müssen wir einen Entschluss fassen, wie wir mit der Öffentlichkeit umgehen.« Amanda rieb sich die Schläfen. »Verschweigen wir die Entdeckung der Ökosphäre oder geben wir sie preis?«

»Wir alle wissen, wie die Menschen sind«, argumentierte der Musher. »Sie werden die Technik für das Militär ausschlachten und aus dem Naturparadies hier unten machen sie eine Touristenattraktion. Das müssen wir unterbinden. Ich hätte nichts dagegen, hier zusammen mit meinen Hunden zu leben. Bis jetzt haben uns die Saurier nicht gefressen und wenn wir vorsichtig sind, wird das auch in Zukunft so sein.«

»Wenn ich ehrlich sein soll«, meinte Amanda, »kann ich mir keine größere Lebensaufgabe wünschen, als diese Welt zu erkunden. Allein der Gedanke daran ist faszinierend.«

»Ja, es wäre ein Traum für jeden Wissenschaftler«, sagte Olsen. »Mir persönlich ist das aber viel zu heikel. Wo sollten wir überhaupt wohnen? Hier in dieser Höhle? Nein danke.«

»Wir könnten uns ein Baumhaus in sicherer Höhe bauen. Das wäre kein Problem«, schlug MacNeil vor.

»Wenn wir alle hier bleiben, wird die Army eine Rettungsexpedition losschicken«, überlegte Amanda. »Einer von uns muss nach Little America zurück und Walker ein glaubhaftes Lügenmärchen präsentieren.«

»Außerdem sollten die Spuren an der Oberfläche und der Zugang nach hier unten von der Bildfläche verschwinden«, ergänzte MacNeil.

»Ich würde gern in die Zivilisation zurückkehren«, stellte Olsen klar.

»Nur, wie willst du nach Little America kommen?«, fragte MacNeil. »Du kannst keinen Schlitten lenken. Und auf die Schnelle kann ich es dir kaum beibringen. Wir dürfen aber nicht zu lange warten, sonst kommt das Militär auf die Idee, aktiv zu werden und setzt einen Suchtrupp in Bewegung.«

»Hm …«, äußerte der Professor.

»Vielleicht können wir es ja so handhaben, dass Jasper zunächst bei mir bleibt und Mark wiederkommt, sobald er die Behörden erfolgreich an der Nase herumgeführt hat? Anschließend kann Jasper nach Hause gehen.«

»Das wäre meiner Meinung nach die beste Option«, stimmte ihr der Musher zu – wohl wissend, wie wenig realistisch dieser Plan war. »Was hältst du von dieser Idee, Jasper?«

»Sie gefällt mir nicht besonders. Nur was sollen wir sonst tun? Also gut, so machen wir es.«

»Okay, dann erkläre ich euch, wie ihr ein Baumhaus baut, damit ihr einen sicheren Rückzugsort habt, während ihr die Gegend erforscht.«

KAPITEL 17

Nachdem Mark MacNeil über das Seil aus der unterirdischen Station ans Tageslicht geklettert war, warf er einen letzten Blick nach unten. Kein Mensch sollte auf diesem Weg jemals wieder nach unten steigen.

Er verließ den Krater und kümmerte sich nur kurz um die Hunde, denn er hatte es eilig, da er die Erlebnisse in der Ökosphäre am liebsten aus seinem Gedächtnis streichen würde und dies würde ihm aus der Ferne leichter gelingen. Er war des Kämpfens und der Strapazen müde und sehnte sich nach der Ruhe und dem Frieden im heimischen Alaska.

Als Erstes hieß es, die sowjetischen Kettenfahrzeuge verschwinden zu lassen. Von ihrem aktuellen Standort aus gab es keinen direkten Weg zum Krater. MacNeil erforschte die umliegende Gegend zu Fuß, bis er weiter oben am Berg eine Route lokalisiert hatte, auf der er die Charkowtschanki bis an den Kraterrand fahren konnte.

Am Steuer des ersten Schneemobils sitzend, drückte er den Startknopf. Der Motor sprang sofort an. Im Leerlauf betätigte MacNeil das Gaspedal und die Fünfhundertdreißig-PS-Maschine heulte laut auf. Er nahm den Fuß vom Pedal und die Drehzahl sackte wieder auf den ursprünglichen Wert ab. Mit eingelegtem Gang fuhr er vorsichtig los. Seine Erfahrung mit Baumaschinen kam ihm nun zugute, sodass er das Gefährt problemlos bis zum Rand des Kraters steuern konnte. Seine Fahreigenschaften waren exzellent. Es rumpelte einfach über Unebenheiten hinweg oder zermalmte im Weg liegende Eisbrocken.

Bevor MacNeil den letzten Schritt wagte, war ihm leicht mulmig zumute. Die Bagger seiner Baufirma wären bei dem Versuch, einen solch steilen Abhang zu bewältigen, mit Sicherheit umgekippt. Aber ihr Schwerpunkt lag wesentlich höher als bei einem Charkowtschanka, also sollte sein Vorhaben gelingen. Zunächst fuhr das Vorderteil des Kettenfahrzeugs einfach gerade über die Kante hinweg, bis es den Scheitelpunkt überquerte und mit einem Ruck aus der Schwebe nach unten kippte. Seine Ketten hafteten am eisigen Untergrund und sorgten für eine sichere Abfahrt im Schritttempo. MacNeil parkte es direkt über der Öffnung, die in die vergessene Welt unter der Erdoberfläche verband.

Das zweite Schneemobil stellte der Musher in Schräglage neben dem ersten ab, ehe er Myers Sprengstoffarsenal genauer inspizierte. Es reichte aus, um ein Hochhaus zum Einsturz zu bringen. Was der Colonel damit wohl bezweckt hatte? Leider konnte niemand mehr diese Frage beantworten.

Mit Hammer und Meißel brachte MacNeil rings um den Krater Löcher im Eis an, in denen er die einzelnen Ladungen platzierte. Dann verkabelte er sie mit dem Auslöser, der über einen Zeitzündermechanismus verfügte. Dessen Einstellung war zum Glück selbsterklärend. Bevor er die Explosion auslöste, traf er einige Vorbereitungen für die Rückreise.

Das zerschossene Funkgerät taugt nicht als Beweis für ein Feuergefecht mit der Roten Armee, überlegte er. *Die Army wird sofort erkennen, dass die Einschüsse von einer ihrer eigenen Waffen stammt. Aber ich kann ihnen die Maschinenpistole des armen Teufels, der hier unter dem Schnee liegt, präsentieren. Überhaupt sollte ich sichergehen, dass die Leiche bei einem Blizzard oder durch Tauwetter nicht wieder zum Vorschein kommt und möglicherweise von einem Flugzeug aus entdeckt wird.*

MacNeil grub den Toten aus, schleppte ihn zum Krater und ließ ihn nach unten rutschen. Dann lud er das Funkgerät auf einen der Schlitten, spannte die Hunde an, beförderte es mit ihrer Hilfe ebenfalls an den Kraterrand und stieß es über die Kante, von wo aus der Apparat sich überschlagend hinabpurzelte.

Aus größerer Entfernung gab er einen Feuerstoß aus der Maschinenpistole auf den zweiten Schlitten ab. Dabei achtete er darauf, weder die Kufen noch die Haltestange für den Lenker zu treffen. Die Einschläge würden einen Überfall der Russen überzeugend simulieren.

Schließlich stellte der Hundeführer den Zeitzünder mittels dessen integrierter Drehscheibe auf eine halbe Stunde ein, ehe er den verbliebenen Schlitten bemannte und losfuhr. Er hatte das Gespann um Kenai und Tinkerbell gewählt. Die anderen Hunde liefen ohne Geschirr leicht nach hinten versetzt rechts und links neben dem Leitrüden her.

Als seine Uhr anzeigte, dass die halbe Stunde fast vorbei war, stoppte er den Schlitten, um die Explosion zu beobachten. Der Knall fiel, in Anbetracht der verwendeten Sprengstoffmenge, relativ dumpf und leise aus. Nur wenige Eisbrocken und loser Schnee wurden in die Luft katapultiert.

Um das Ergebnis der Detonation zu überprüfen, steuerte MacNeil den Schlitten zu seinem Ausgangspunkt zurück. Der Krater war nicht vollständig verschwunden, allerdings hatte sein Umfang zugenommen und die frei gesprengten und nach unten gerutschten Eismassen hatten seine Tiefe deutlich reduziert. Diese bedeckten in einer dicken, tonnenschweren Schicht die Schneemobile, den Schlitten und die Leiche – der Plan hatte bestens funktioniert.

***

Auf der Rückreise nach Little America ging MacNeil gedanklich immer wieder die Deckgeschichte durch, die er Major Walker auftischen wollte. Hoffentlich würde sie ihm der Stationsleiter abkaufen. Die meiste Zeit genoss er die Ruhe und das Alleinsein, nur manchmal grübelte er über das bestandene Abenteuer nach. Insgesamt hatte er sich recht ordentlich aus der Affäre gezogen, wie er fand. Hauptsächlich sehnte er sich jedoch nach seinem Zuhause in Alaska.

***

Das Zusammentreffen mit Walker verlief relativ unproblematisch. Natürlich war der Major vom Verlust so vieler Menschenleben enttäuscht. Er hatte sich von der Expedition das Auffinden von etwas, das den USA einen Vorteil gegenüber der Sowjetunion verschaffte, gewünscht. Trotz des Fehlschlags hakte er die Situation mit militärischer Disziplin ab. Den Rückflug für MacNeil und das Hunderudel arrangierte er innerhalb einer knappen Woche.

KAPITEL 18

Auf der Rückreise in die USA landete MacNeils Flugzeug in Peru zu einem Zwischenstopp. Zwei Soldaten brachten ihn in einem offenen Jeep in die US-Militärbasis Iquitos, wo er General Shwartz und Anthony Jenkins als Repräsentanten der Army und des Verteidigungsministeriums Bericht erstatten sollte.

Die beiden empfingen ihn im Büro von Shwartz.

»Die Ereignisse in der Antarktis sind von übergeordnetem nationalem Interesse«, eröffnete Jenkins das Gespräch nach der Begrüßung. »Dennoch unterliegen sie strengster Geheimhaltung. Aus diesem Grund haben Sie vor der Expedition eine bindende Verschwiegenheitserklärung unterzeichnet. Ich muss Sie noch einmal darauf hinweisen, diese peinlich genau einzuhalten. Ich kann Ihnen versichern, uns wird garantiert zu Ohren kommen, sollten Sie Informationen an die

Öffentlichkeit weiterleiten. Das ist Ihnen hoffentlich klar?«

MacNeil bejahte.

»Nun zum eigentlichen Anlass unseres Gesprächs, dem Scheitern Ihrer Mission«, sagte Shwartz. »Major Walker hat uns seine Unterlagen per Telex übermittelt, aber es ist zwingend notwendig, dass Sie uns den Unfall, der zu Colonel Meyers Tod führte und den Angriff der Kommunisten persönlich aus erster Hand schildern. Lassen Sie besonders bei Zweitem kein Detail aus, selbst wenn es Ihnen unwichtig erscheint. Wir werden das Gespräch für unsere Akten auf Band aufzeichnen.« Er drückte die Aufnahmetaste des Kassettenrekorders auf seinem Schreibtisch und stellte das an einem dreibeinigen Ständer angebrachte Mikrofon direkt vor MacNeils Nase auf. »Sie können jetzt anfangen.«

»Als sich am Horizont die schwarzen Berggipfel rund um Whitney Peak abzeichneten, wurde der Boden zusehends unwegsamer. Statt mit glattem Schnee war der Untergrund mit harschem Eis bedeckt. Ich habe den Hunden extra Sicherheitssocken angezogen, um die Gefahr für Verletzungen an den Pfoten durch den schorfigen, zerklüfteten Untergrund zu minimieren.

Immer häufiger ragten schwarze, scharfkantige Felsspitzen aus dem Boden auf.

›Das Eis ist an solchen Stellen relativ dünn‹, warnte uns Olsen, der mit vergleichbaren Geländeverhältnissen bestens vertraut war. ›Unter den Schneeverwehungen gibt es scharfkantige Klippen und tiefe Klüfte.‹ Er hatte kaum ausgesprochen, da brach der Schlitten, auf dem er saß, nach links aus. Schumann versuchte verzweifelt, gegenzulenken. Die Malamuten bremsten ab und schwenkten nach rechts, als witterten sie die drohende Gefahr. Der Schlitten rutschte ein gutes Stück geradeaus weiter, wobei es aussah, als fahre er nur noch auf einer Kufe. Plötzlich sackte eine Schneewehe in sich zusammen, die einen Abgrund verborgen hatte.

Der Schlitten neigte sich mehr und mehr zur Seite. Obwohl Olsen, Schumann und Doktor Blair ihr Gewicht zum Ausgleich verlagerten, nahm das Desaster seinen Lauf. Der Schlitten sauste an den Hunden vorbei und die beiden Männer wurden auf sicherem Boden abgeworfen. Doktor Blair hatte weniger Glück.

Colonel Myers wollte ihr geistesgegenwärtig zu Hilfe eilen und rannte blitzschnell auf der Suche nach ihr zur Unglücksstelle.

Der Riss, der das schwarze Gestein spaltete, war gut drei Meter breit. Die Wände waren spiegelglatt. Amanda Blair lag, ohne sich zu regen, auf einem Vorsprung in vier Metern Tiefe – offenbar besinnungslos. Der Colonel wollte sie herausholen und seilte sich nach unten ab. Nachdem er ihren Puls überprüft hatte, um festzustellen, ob sie noch lebte, schüttelte er betroffen den Kopf. In der Absicht, ihre Leiche zu bergen, hob er sie sich kurzerhand auf die Schulter. Dabei rutschte er aus und kippte über den Felsvorsprung in den Abgrund.

Es dauerte einige Sekunden, bis er mit einem dumpfen Klatschen aufschlug. Die Situation wirkte gespenstisch, da der Colonel während des Fallens keinen Laut von sich gab.

Wir alle waren geschockt. Ich kann mich gut erinnern, dass ich ganz wacklige Beine hatte. Einen solchen Sturz konnte kein Mensch überleben. Als wir wieder bei Sinnen waren, beschlossen wir, die Expedition trotz dieser Katastrophe fortzusetzen, da wir den Einschlagort fast erreicht hatten. Das waren wir den Toten schuldig und zudem war uns die Wichtigkeit der Mission für unsere Nation schmerzlich bewusst.

An unserem Ziel gruben wir die Trümmer eines Meteoriten aus, die der Professor ausgiebigen Tests unterzog. An ihnen war nichts Verdächtiges festzustellen. Ähnliches Gestein, das aus Eisen, Silikat und Nickel besteht, ist der Wissenschaft von früheren Meteoritenfunden seit Langem bekannt. Der Einschlag konnte eindeutig als Naturereignis klassifiziert werden. Olsen wählte einige kleinere Gesteinsbrocken für ausführlichere Laboruntersuchungen aus, die er auf dem Schlitten verstaute, der später in die Gewalt der Russen gelangte.

Auf dem Rückweg – wir hatten gerade wieder ebenes Gelände erreicht – hörten wir aus dem Süden das nahende Brummen von Verbrennungsmotoren.«

Shwartz hob die Hand und gebot MacNeil, den Bericht zu unterbrechen. »Ab hier benötigen wir Einzelheiten. Beschreiben Sie die Fahrzeuge so genau wie möglich. Auch Beobachtungen bezüglich der Soldaten sind wichtig. Alle körperlichen Merkmale, die Ihnen aufgefallen sind, helfen uns weiter.«

»Okay. Also, die Russen kamen mit zwei Kettenfahrzeugen an. Die Motoren klangen wie bei Panzern.«

Charkowtschanki, konstatierte der General gedanklich. *Die haben einen T-54-Kampfpanzermotor. Im Vergleich dazu sind unsere Bombardier-Schneemobile Kinderspielzeuge. Und unser Antarctic Snowcruiser Testmodell hat vor einigen Jahren im Einsatz leider versagt und rottet in Little America bis zum jüngsten Gericht vor sich hin. Wir hätten bei seiner Konstruktion vielleicht doch besser auf Ketten als auf Räder setzen sollen …*

»Die waren fast zehn Meter lang. Zuerst sind sie uns nachgefahren. Die Dinger waren verdammt schnell – schätzungsweise dreißig Stundenkilometer. Deshalb konnten die Hunde ihnen nicht davonlaufen. Zumindest nicht dauerhaft. Als die Tiere Erschöpfungssymptome zeigten und langsamer wurden, entschied Schumann, Olsen und ich sollten allein weiter fliehen. Er dagegen wollte zusammen mit Jones versuchen, die Angreifer irgendwie zu stoppen. Er hoffte, die Fahrzeuge mit Handgranaten auszuschalten.«

MacNeil stockte und setzte absichtlich ein betroffenes Gesicht auf. »Die Army hat noch echte Helden.«

Shwartz nickte zustimmend.

»Nachdem er den Schlitten angehalten hatte, löste Schuhmacher die Hunde aus dem Gespann. Ich glaube, es war ihm eine Herzensangelegenheit, die Tiere zu retten. Ich rief die Hunde zu mir, und unterdessen bereiteten sich die beiden Privates auf den Angriff vor. Sie nutzten den Schlitten als behelfsmäßige Deckung und verschanzten sich dahinter, so gut es ging.

Gerade als wir losfuhren, stieg ein Rotarmist durch eine Luke auf das Dach eines der Kettenfahrzeuge. Er ist der Einzige, an dem ich Einzelheiten erkannt habe. Der Mann hatte eine Glatze und einen auffälligen Schnurrbart.«

Das könnte Sorokin gewesen sein, dann war sicher auch Lukassow mit von der Partie. Die zwei treten meistens im Duett auf, dachte Jenkins, zündete sich eine Zigarette an und fertigte eine handschriftliche Aktennotiz an.

»Er zielte mit einem Gewehr auf uns. Vermutlich eine Scharfschützenwaffe. Als ich den Schuss hörte, erwischte die Kugel bereits den Professor am Hinterkopf. Er purzelte vom Schlitten. Der Treffer hat ihm ein riesiges Loch in den Schädel gerissen. An seinem sofortigen Tod konnte kein Zweifel bestehen, deshalb hielt ich nicht an, um ihm zu helfen.

Die anderen russischen Soldaten sind durch eine Schleuse am Heck gestürmt und attackierten unsere Leute. Inzwischen war die Entfernung zum Kampfgeschehen zu groß, um Details ausmachen zu können. Ich habe Schüsse gehört und zwei Granatexplosionen. Was aus Jones und Schuhmann wurde, kann ich nicht bezeugen. Vielleicht wurden sie getötet, oder sie wurden gefangen genommen. In jedem Fall haben sie die Russen so lange aufgehalten, bis ich genug Vorsprung hatte, um ihnen zu entkommen. Schätze, die Russen haben es gar nicht erst versucht, mich einzuholen, so weit weg war ich. Ich bin den beiden unendlich dankbar für ihren Opfermut. Ohne sie würde ich heute als tiefgefrorene Leiche in der Antarktis liegen.«

Jenkins und Shwartz stellten MacNeil eine ganze Reihe von Anschlussfragen, brauchbare Information entlockten sie ihm dabei keine mehr und er verstrickte sich in seiner Erzählung auch nicht in Widersprüche.

Nachdem er aus der Besprechung entlassen war, brachte seine Eskorte MacNeil zurück zum Flughafen und zwei Tage danach war er – sehr zu seiner Erleichterung – endlich wieder im heimischen Alaska.

***

Gut einen Monat später saß MacNeil in einem Schaukelstuhl auf seiner Veranda und beobachtete entspannt die Hunde beim Herumtollen und Faulenzen. Das Rudel zerbrach sich mit Sicherheit nicht den Verstand über die abenteuerliche Reise in die Antarktis und es würde niemals in Versuchung kommen, Schlüsse für sein weiteres Hundeleben aus den Ereignissen zu ziehen.

MacNeils Position dagegen war weniger einfach und er fragte sich, was er in jener Zeit gelernt hatte?

Seine wichtigste Erkenntnis war, dass das Unbehagen, das er zuvor in der Gegenwart anderer Menschen empfunden hatte, anscheinend verschwunden war. Trotz ihrer Verschiedenheit könnte er sich eine Freundschaft mit einem Mann wie Professor Olsen vorstellen. Und was Amanda betraf … er hatte zwar keine ernsthaften Gefühle für sie entwickelt, aber ihre weiblichen Reize hatten durchaus Wirkung bei ihm entfaltet. Wer weiß, was daraus geworden wäre, wenn sich ihre Lebenslinien unter anderen Bedingungen gekreuzt hätten? Doch Amanda war für ihn verloren, genau wie die Welt unter dem ewigen Eis der Antarktis.

Zusehends war im Laufe der letzten Wochen in ihm die Erkenntnis gereift, dass er den Verlust seiner Frau und seiner Tochter inzwischen verarbeitet hatte. Ihr Tod resultierte aus einer Gedankenlosigkeit seinerseits. Es war ein Unfall gewesen, den er sich selbst verzeihen musste und konnte.

Doch wie sollte es nun mit seinem Leben weitergehen?

Ständig nur allein mit den Hunden in der Wildnis zu sein, erschien ihm nicht mehr wünschenswert. Im Stich konnte er die treuen Vierbeiner aber auch nicht lassen. Als er sich durch den zotteligen, rotblonden Bart strich, kam ihm eine Idee.

MacNeil ächzte, stand auf und ging ins Bad. Dort rasierte er sich das Gesicht und stutzte sein Haupthaar auf ungefähr die Hälfte der ursprünglichen Länge. Als er in den Spiegel sah, dachte er: *Nicht schlecht, nicht schlecht … so kann ich mich – auch außerhalb von Hunderennen – wieder in die Öffentlichkeit wagen.*

Zumindest, wenn ich vorher einem richtigen Friseur einen Besuch abstatte.

Befreit von trüben Gedanken, die in den letzten beiden Jahren so häufig seine Begleiter gewesen waren, und voller Zuversicht kehrte er auf die Veranda zurück und überblickte das Grundstück. An dessen Rand parkte der alte Pick-up-Truck, der ihm immer treue Dienste geleistet hatte. Und in Zukunft würde er ihn regelmäßig und zuverlässig in die umliegenden Kleinstädte bringen, wo er neue Leute kennenlernen konnte. Dieses Vorhaben musste ja nicht dazu führen, dass er sein Leben hier draußen gänzlich an den Nagel hängen musste.

– E N D E –

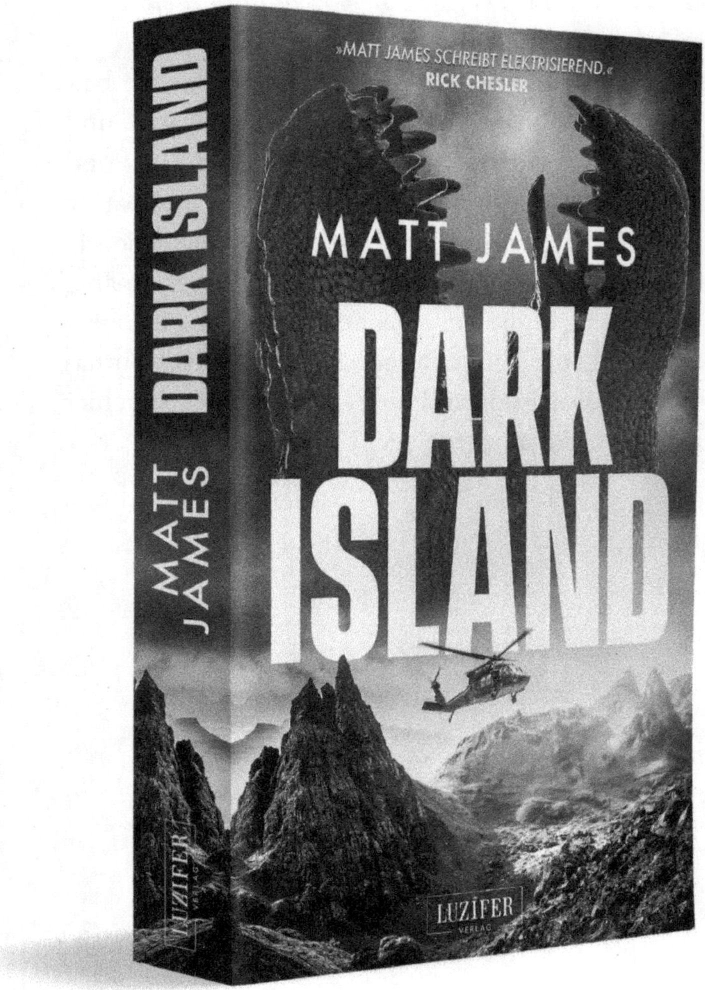

»MATT JAMES SCHREIBT ELEKTRISIEREND.«

RICK CHESLER